KB264179

셜록 홈즈

주홍색 연구

셜록 홈즈

주홍색 연구

아서 코난 도일 지음 | 길문섭 그림

더클래식

셜록 홈즈의 이야기가 책뿐 아니라 영화, 만화, 드라마 등 여러 장르로 쏟아지며 많은 사람들에게 오랫동안 사랑받아 온 이유는 무엇일까요? 바로 그가 펼치는 명쾌하면서도 놀라운 추리와 입을 떡 벌어지게 하는 관찰력이 그 이유랍니다.

'추리력'과 '관찰력'은 꼭 범죄를 풀어내고 사건을 해결하는 데에만 필요한 것이 아니랍니다. 이 두 가지는 지식을 탐구하고 호기심을 해결하기 위해서 반드시 필요한 것이에요.

우리가 살다 보면 '이것은 무엇일까?', '왜 이렇게 되었을까' 하는 궁금증을 갖게 됩니다. '왜?'라는 질문은 바로 우리 인간이 가진 호기심에서 출발하지요. 인간은 누구나 이 호기심에 대한 답을 찾고 싶어 합니다.

'해는 왜 뜨고 질까?'

'밤하늘에 빛나는 별은 대체 무엇일까?'

'사과는 왜 떨어지는 걸까?'

'이 질병은 왜 생겼고, 어떻게 하면 고칠 수 있을까?'

우리가 공부하고 배우는 과학, 의학, 인류학, 역사 등등의 여러 지식은 호기심에서 시작했답니다. 그동안 인간이 쌓아 온 학문 탐구와 발전은 호기심을 채우는 과정 속에서 눈부시게 성장했다고 해도 과언이 아니지요. 지금도 많은 학자들이 아직 밝혀지지 않은 분야의 궁금증을 해결하기 위해 여러 연구를 하고, 이론을 세우고, 그것을 증명하고 있답니다.

호기심은 누구에게나 있습니다. 그러나 이를 명확히 파헤치고 밝히기 위해서는 추리력과 관찰력이 꼭 필요합니다. 우리의 명탐정 홈즈를 통해 한번 살펴볼까요?

홈즈는 이 사건이 왜 일어났는지 알기 위해 매순간 아무리 사소한 것이라도 놓치지 않고 관찰을 하는 것이 습관이지요. 그래서 사람의 몸에 밴 습관, 발자국, 옷깃 하나에서도 중요한 단서를 찾곤 합니다.

또 홈즈에게는 자신이 일하는 분야에 필요한 지식이 무궁무진하게 쌓여 있지요. 냄새만으로도 독살을 당한 것을 알 수 있고, 작은 단서에도 범인의 신체 특징을 알 수 있을 만큼 과학, 의학, 식물학, 범죄학 등등 사건 해결을 위한 지식은 전문가 못지않습니다. 이런 지식은 그가 한 관찰을 증명하고 범죄를 풀이하는 데 큰 역할을 하지요. 그는 이런 지식을 쌓고 증명하기 위해 많은 실험들을 하곤 한답니다.

마지막으로 추리에 꼭 필요한 논리입니다. 논리 없이 어떤 일이 일어났다고 짐작하는 것은 추리가 아니라 상상에 불과합니다. 홈즈의 추리에 무릎을 탁 치며 감탄을 하게 되는 것은 바로 논리가 바탕이 되기 때문이지요. 그가 한 여러 관찰들은 논리를 통해 듣는 사람들에게 가만가만 고개를 끄덕이게 만들지요.

뛰어난 관찰력, 풍족한 지식, 그리고 논리가 있으면 누구나 홈즈처럼 명탐정이 될 수 있답니다. 또 이것이 범죄 해결이 아닌 다른 분야로 향한다면 그 분야의 전문가가 될 수 있지요. 관찰력과 추리력이 왜 필요한지 여러분도 잘 알게 되었나요?

'어린이를 위한 추리 명작 셜록 홈즈 시리즈'를 통해 여러분도 명탐정이 되어 보세요. 매순간 궁금증을 가지고 잘 관찰하고, 홈즈처럼 논리를 바탕으로 자신만의 멋진 추리를 펼쳐 보세요. 여러분의 관찰력과 추리력을 키우는 데 좋은 친구가 되어 줄 것입니다.

목차

제1부
육군 군의관 존 H. 왓슨의 회상록

셜록 홈즈, 너는 누구냐? … 12

그를 알려면 추리가 필요해 … 26

로리스턴 가든의 살인 사건 … 39

목격자 존 랜스의 진술 … 58

광고를 보고 온 손님 … 69

그렉슨 형사의 추리 … 79

결정적 단서가 된 두 번째 사건 … 91

SHERLOCK HOLMES

제 2 부
성인들의 땅

황무지에 찾아온 생명의 빛 … 110

유타의 꽃 … 126

목숨을 건 결심 … 136

붙잡혀선 안 돼 … 143

복수의 천사들 … 158

계속되는 그 후의 이야기 … 167

사건의 끝 … 183

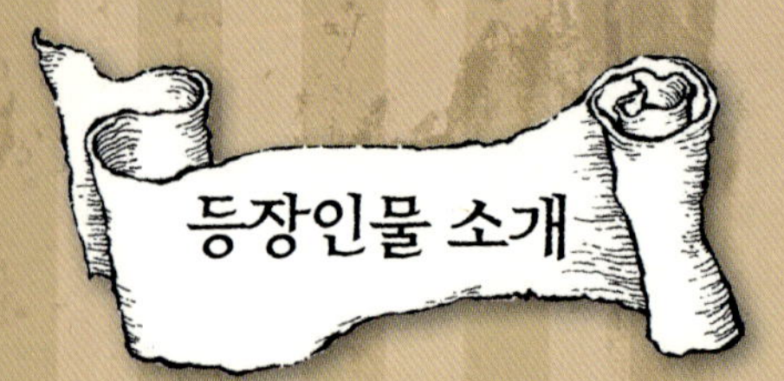

셜록 홈즈

뛰어난 추리력과 관찰력을 가진 사립 탐정. 범죄학, 화학, 해부학 등 탐정 일과 관련된 지식에는 매우 해박하지만 자신이 관심 없는 일에는 전혀 흥미가 없다. 경찰들도 풀기 어려워하는 사건을 도와주며 바이올린 연주하는 것을 즐긴다.

존 H. 왓슨

육군 군의관 출신의 의사. 부상을 입고 휴가 중에 홈즈와 같은 하숙집에 살면서 그의 뛰어난 능력에 호기심을 느끼게 된다. 결국 홈즈와 함께 행동하며 그가 펼친 추리 활약을 모두 기록하고 전한다.

SHERLOCK HOLMES

레스트레이드

런던 경시청 형사.
사건이 풀리지 않을 때마다 홈즈에게
도움을 청한다. 동료 형사인 그렉슨과
라이벌 관계이다.
키가 크지 않고 족제비처럼 말랐다.

그렉슨

홈즈의 도움을 받는 또 한 명의 런던 경
시청 형사.
같은 사건을 맡은 레스트레이드 형사와
경쟁하며 서로를 의식한다.
키가 크고 흰 피부를 가졌다.

육군 군의관
존 H. 왓슨의 회상록

셜록 홈즈, 너는 누구냐?

나는 1878년에 런던 대학에서 의사 학위를 받았습니다. 그 후, 육군 군의관이 되기 위해 네틀리 병원으로 떠났습니다. 그곳에서 무사히 과정을 끝마친 후에 퓨질리어 제5연대 외과 군의관 조수로 발령을 받았지요. 제5연대는 인도에 머물고 있었습니다. 마침 내가 그곳에 갔을 때에는 제2차 아프가니스탄 전쟁이 한창이었습니다. 봄베이에 도착했을 때 우리 부대는 전투가 벌어지는 한가운데에 있었고, 나는 신속히 맡은 일을 시작했습니다.

그 전쟁으로 인해 유명해지고 명성을 얻은 사람도 많았지만 나는 불행해지기만 했습니다. 제5연대에서 버크셔 부대로 옮긴 뒤에는 마이완드 전투에 참전했는데, 나는 그곳에서 그만 지자일 탄환에 맞아 부상을 당했습니다. 탄환은 쇄골 아래 혈관을 스쳐 내 어깨뼈를 으스러뜨렸습니다. 그때 머레이 병사가 위험을 무릅쓰고 나를 말에 태워 영국군 전선으로 옮기지 않았다면 나는 벌써 이슬람 군인들의 포로가 되었을 것입니다.

오랫동안 쌓인 피로와 부상으로 지친 나는 다른 부상병들과 함께 페샤와르로 옮겨졌습니다. 그곳에 있으면서 조금씩 상처가 회복되어서 복도를 조심스럽게 걷거나 베란다에서 볕을 쬐기도 했습니다. 하지만 불행은 거기서 그치지 않았습니다. 인도인들이 자주 걸리곤 하는 저주스러우면서도 끔찍한 병 장티푸스에 걸려 몇 달 동안 사경을 헤맸지요. 겨우 회복기에 접어들 무렵, 잉글랜드로 돌아가 휴식을 취하라는 명령이 내려졌습니다. 나는 군인들을 실어 나르는 오론테스 호에서 한 달을 머문 뒤, 포츠머스 부두에 도

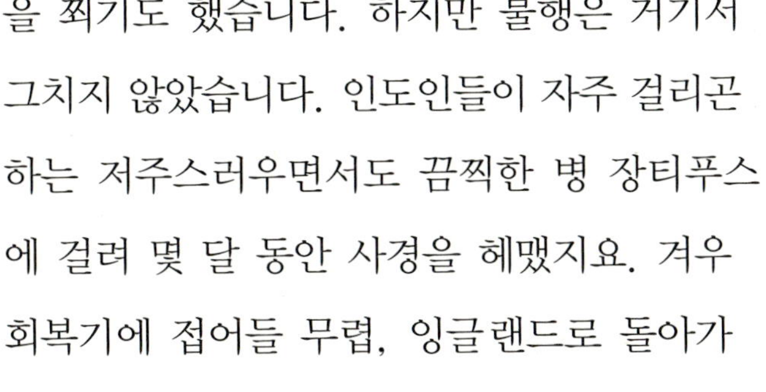

착했습니다. 몸이 완전히 회복되지 않았기에 군으로부터 아홉 달의 휴가를 받았습니다.

잉글랜드에는 아는 사람이 아무도 없었습니다. 나는 하루 수당으로 지급되는 11실링 6펜스로 혼자 자유를 마음껏 누렸습니다. 그러다가 자연스럽게 별별 사람들이 다 모여 있는 런던으로 발길을 돌렸고 마침내 스트랜스 가에 있는 자그마한 호텔에 짐을 풀었습니다.

하루하루를 방탕하게 지내며 돈도 헤프게 썼습니다. 결국 주머니에는 돈이 한 푼도 남아 있지 않게 되었고, 호텔이 아닌 값싼 방을 구해야 한다는 사실을 깨달았지요.

바로 그날 어느 술집 앞을 지나치고 있을 때였습니다. 누군가 내 어깨를 툭, 하고 쳤습니다. 돌아보니 세인트 바솔로뮤 병원에 있을 때 내 조수로 일하던 스탬포드였습니다. 이렇게 넓은 런던에서 아는 사람을 만나다니……. 그와 특별한 친분은 없었지만 나는 정말 반가웠습니다.

나는 그에게 홀본에 있는 식당에서 함께 점심을 먹자고 청했습니다. 우리는 바로 이륜마차를 타고 식당으로 향했습니다.

"왓슨 씨, 정말 반갑습니다. 그동안 잘 지내셨나요?"

움직이는 마차 안에서 스탬포드가 물었습니다.

"그런데 이제 보니 너무 마르셨네요. 피부도 검게 탔고요."

그가 이어서 말했습니다.

나는 마차에서 내릴 때까지 그동안 내게 있었던 불행한 일들에 대해 모두 들려주었습니다.

"고생이 많으셨군요. 그럼 지금 생활은 어떤가요?"

"하숙집을 구하고 있어. 가능하면 값이 싼 방으로 말이야."

"이런 신기한 일이! 오늘 왓슨 씨와 같은 말을 한 사람이 또 있었거든요."

"그 사람이 누구지?"

"병원 화학 연구실에 있는 분이세요. 벌써 방은 구했다더군요. 그런데 비용 때문에 누군가와 함께 지냈으면 좋겠다고 하시더라고요."

"정말인가? 그것 참 좋은 소식이군. 그와 방을 함께 쓰고 비용을 나눠서 내면 될 테니까. 나도 혼자 지내기보다는 그 편이 좋을 것 같기도 하고 말이야."

스탬포드는 걱정스러운 눈으로 나를 쳐다보며 말했습니다.

"그건 왓슨 씨가 셜록 홈즈 씨를 잘 몰라서 하는 말씀이세요. 그분과 함께 살기는 꽤 힘들걸요?"

"왜 그렇게 이야기를 하지? 특별히 나쁜 점이라도 있나?"

"그게 아니라 좀 특이해서요. 그분은 과학 분야에 관해서는 정말 놀라울 정도로 많은 지식을 갖추고 있어요. 하지만 지나치다는 게 문제죠. 그것만 빼면 품위 있고 예의 바른 사람이에요."

"의학을 공부하는 사람인가?"

"아니요. 저도 사실은 그분이 어떤 일을 하시는지는 잘 몰라요. 해부학에 관해 꿰뚫고 있고 훌륭한 화학자인 건 사실이에요. 하지만 의학을 체계적으로 공부한 적은 없다더군요. 그동안 그분이 한 연구는 무척 복잡하면서도 특이하지요. 교수들도 인정할 만큼 높은 연구 실적을 가지고 있기도 하고요."

"그럼 앞으로 어떤 일을 할 거라고 말한 적이 있나?"

"아니요, 셜록 홈즈 씨는 속마음을 쉽게 이야기하지 않아요. 마음이 통하는 사람들과는 잘하지만요."

"한번 만나 보고 싶군. 함께 살기에는 조용하고 학구적인 사람이 좋을 수도 있지. 소란스러운 일들은 아프가니스탄에서 겪을 만큼 겪어 지금도 끔찍해. 아직 몸이 회복된 것도 아니고. 그런데 셜록 홈즈는 어떻게 만나면 되지?"

"연구실로 가면 됩니다. 점심 식사 후에 마차를 타고 가 볼까요?"

"그렇게 하지!"

우리는 곧 다른 이야기를 했습니다. 하지만 홀본 식당을 떠나 병원으로 가는 동안 스탬포드는 셜록 홈즈에 대한 몇 가지 이야기를 더 해 주었습니다.

"혹시라도 두 분이 사이가 나빠지더라도 저를 탓하지는 마세요. 그저 실험실에서 몇 번 본 사이에 불과하니까요. 어찌 되었든 결정은 왓슨 씨가 했으니 제게 책임을 묻지는 말아 주세요. 아시겠죠?"

"함께 지내기 힘들면 헤어지면 되지 뭘 그러나. 그런데 왜 이렇게 복잡하게 생각하지? 자네가 그렇게 말하는 것에는 이유가 있는 법! 대체 그것이 뭔가? 그가 좀 괴팍한가? 자, 어디 이야기 좀 해 보게."

"그것이……, 말로는 설명이 어렵습니다."

그가 웃으며 말을 이었습니다.

"제 생각에 셜록 홈즈 씨는 너무도 과학적인 분이세요. 가끔은 차가운 것도 모자라 냉혈한처럼 느껴지니까요. 그분은 친구에게 새로 발견한 식물성 알칼로이드를 주사한 적도 있답니다. 독극물의 효능을 확인하기 위해서라지만 끔찍한 일이지요. 하지만 나쁜 분은 아니세요. 자신에게도 주사를 놓을 사람이니까요. 그래요, 그분은 지식을 믿습니다. 그것에 관해 모든 것을 바칠 정도로 열정적인 분이기도 하시고요."

"그건, 좋은 거잖아."

"문제는 열정이 지나치다는 거예요. 해부실 구석에서 시체를 막대기로 때리는 일은, 아무리 생각해도 이해가 되지 않아요."

"뭐? 어떻게 그런 일을?"

"시체에 멍이 얼마나 드는지 알아보기 위한 실험이라고 말씀하시더군요. 그 광경을 제 눈으로 직접 목격했지요."

"그런데 의학을 공부하는 사람은 아니란 말이지?"

"네, 홈즈 씨가 하는 일은 하늘만이 알고 있을 겁니다. 자, 도착했네요. 이제부터는 직접 만나 보세요."

우리는 좁은 골목길을 지나 병원의 부속 건물과 통한 옆문으로 들어갔습니다. 검은 돌계단과 진회색 벽을 따라 긴 복도를 지나자 복도 끝에 화학 실험실로 통하는 길이 연결되어 있었습니다.

연구실에는 여러 종류의 약병이 보기 좋게 진열되어 있었는데, 그중 몇 개는 바닥에 떨어져 뒹굴고 있었습니다. 낮은 테이블이 여기저기 보였고 그 위에는 시험관 램프들이 놓여 있었습니다. 그리고 그 뒤편 테이블에 누군가가 앉아 일에 집중하고 있었습니다. 그가 인기척을 느꼈는지 두리번거리며 자리에서 일어났습니다.

"발견했어! 드디어 발견했다고!"

그는 시험관을 든 채 스탬포드에게 뛰어오며 소리쳤습니다.

"헤모글로빈에 반응해 침전되는 시약을 발견했어!"

그는 마치 금광을 발견한 사람처럼 흥분해 있었습니다.

"왓슨 씨, 이분이 바로 셜록 홈즈 씨입니다."

스탬포드가 말했습니다.

“안녕하세요?”

홈즈가 먼저 악수를 청했는데 손아귀 힘이 셌습니다.

“아프가니스탄에 다녀오셨지요?”

“아니, 그걸 어떻게 아셨지요?”

나는 깜짝 놀라서 물었습니다.

“제 말에 너무 신경 쓰지는 마세요.”

홈즈는 싱긋 웃으며 말을 이었습니다.

“지금은 그보다 헤모글로빈이 더 중요한 문제입니다. 당신도 지금 제 발견에 대한 이야기를 들으셨지요? 어떻습니까?”

“화학적으로는 대단한 발견입니다. 그런데 실용적으로는 좀…….”

“아닙니다. 이것이야말로 가장 실용적인 법의학 발견이지요. 이건 혈액 흔적을 시험하는 데 큰 도움을 줄 것입니다. 자, 모두 저를 따라오세요!”

그는 우리들의 소맷자락을 붙잡고는 테이블로 끌고 갔습니다.

“지금 바로 신선한 혈액을 좀 뽑겠습니다.”

그는 긴 바늘로 자신의 손가락을 찌르더니 피 한 방울을 실험용 유리관에 넣었습니다.

“이제 여기에 물 1리터를 넣어 보겠습니다. 눈으로 보기에는 순수한 물처럼 보이지요? 혈액 비율은 백만 분의 일도 되지 않을 테니까요. 하지만 이런 소량의 혈액이라도 분명히 반응할 것입니다.”

그는 관에 흰 가루를 조금 넣은 뒤, 투명한 액체를 몇 방울 떨어뜨렸습니다. 그러자 즉시 관은 탁한 적갈색으로 변했고 관 바닥에는 갈색 가루가 고였습니다.

“바로 이거야!”

그는 마치 어린아이처럼 박수를 치며 좋아했습니다.

“자, 어떻습니까?”

“독특하군요.”

내가 말했습니다.

“놀라운 발견이지 않습니까? 대단합니다, 정말 대단해요! 예전 방법은 언제나 오류의 위험이 있었지요. 현미경으로 혈구를 검사하는 것도 그랬고요. 혈액은 몇 시간만 지나면 변합니다. 그런데 이렇게 하면 오래된 피도 구분할 수 있어요. 이런 방법이 조금 더 빨리 나왔다면, 지금도 아무렇지 않게 거리를 활보하는 수백 명의 범죄자를 모두 잡았을 거예요.”

“그렇군요.”

내가 말했습니다.

“지금까지 범죄 수사에는 언제나 이런 어려움이 있었어요. 범인을 몇 달 뒤에 잡아도 증거물에 남은 자국이 핏자국인지 흙 자국인지 아니면 녹물인지 그것도 아니면 과즙인지 알 수가 없었습니다. 그건 과거에 정확한 실험법이 없었기 때문이지요. 이젠 이 셜록 홈즈 실험법이 있으니 그동안의 어려움이 해결될 겁니다.”

그의 눈이 빛났습니다. 그는 가슴에 손을 얹은 채 수많은 군중 앞에서 인사를 하듯 머리를 숙였습니다.

“축하합니다!”

나는 그런 그의 태도가 마음에 들어 인사를 건넸습니다.

“작년 프랑크푸르트에서 일어난 폰 비숍 사건 때 이 방법을 썼다면 분명 범인에게 교수형이 내려졌을 것입니다. 브래드포드의 메이슨이나 흉악한 뮬러 그리고 몽펠리에의 르페브르와 뉴올리언스의 샘슨도 감옥에 갔을 거예요. 나는 이 실험 방법이 제대로 쓰였을 사건을 스무 건도 넘게 기억하고 있습니다.”

“홈즈 씨는 모든 범죄를 기억하고 있는 살아 있는 범죄 달력이시군요.”

스탬포드가 입가에 미소를 띠며 말했습니다.

“이것을 신문에 발표하면 어떨까요? 제목은 ‘과거 사건에 대한 경찰의 재수사 촉구’로 하면 좋을 것 같고요.”

“그래요, 정말 흥미진진한 뉴스가 되겠군요.”

셜록 홈즈는 손가락 상처 자국에 작은 반창고를 붙이며 말을 이어

갔습니다.

"저는 독약을 많이 다루니 더 조심해야 하거든요."

그는 나를 향해 활짝 웃으며 두 손을 모두 펼쳐 보였습니다. 손바닥에는 반창고가 군데군데 붙어 있었고, 독한 산에 녹아 색이 변한 부위도 눈에 띄었습니다.

"아, 사실은 상의할 일이 있어서 이곳에 왔습니다."

스탬포드가 말했습니다.

"왓슨 씨는 지금 하숙집을 구하고 있습니다. 그런데 홈즈 씨도 방세를 함께 낼 사람을 구하고 계시지요? 아직 사람을 구하지 못한 것 같아 왓슨 씨를 모시고 왔습니다."

그의 말에 홈즈는 무척 관심 있어 했습니다.

"베이커 가에 좋은 방이 하나 있습니다. 두 사람이 살기에는 딱 좋지요. 독한 담배 연기만 견딜 수 있다면 환영하겠습니다."

"나 또한 해군 담배를 피우고 있습니다."

내가 말했습니다.

"오, 그럼 괜찮겠군요. 나는 가끔 여러 화학 약품을 가지고 실험도 하는데 괜찮겠습니까?"

"괜찮습니다."

"그것 참 다행이군요. 또 설명할 것이 있을까요? 참, 나는 가끔 기분이 좋지 않을 때 오랫동안 침묵을 지킵니다. 그럴 때는 제게 신경을 쓰지 않으셔도 됩니다. 며칠 지나면 자연스럽게 풀어지니까요. 당신은 어떤가요? 서로에게 단점이 있다면 지금 이야기하는 것이 좋을 것 같아서요."

나는 그의 말에 웃음이 났습니다.

"나는 애완견 새끼 불도그를 키우고 있습니다. 또 지금은 신경이 날카로운 상태여서 시끄러운 것은 피하고 싶습니다. 일어나는 시간은 정해져 있지 않습니다. 제가 좀 게으릅니다. 몸 상태가 좋을 때는 다르지만 지금은 이 정도로 설명하고 싶군요."

"시끄러운 것을 싫어하신다면 바이올린 소리는 어떠신가요?"

그가 물었습니다.

"연주자의 실력에 달려 있겠지요. 선율이 매끄럽다면 괜찮겠지만 서툴다면……, 하하!"

"아마 견디실 수 있을 겁니다."

홈즈가 웃으며 말을 이었습니다.

"그럼 먼저 방을 구경시켜 드리겠습니다. 방이 마음에 드신다면 우리 이야기는 끝이 나겠지요? 내일 정오에 이곳에서 만나 함께 보러 가는 것이 어떨까요?"

"네, 좋습니다. 내일 정오에 찾아오겠습니다."

우리는 다시 악수했습니다. 그리고 스탬포드와 내가 묵고 있는 호텔 쪽으로 발걸음을 옮겼습니다.

"참, 그런데 말이지. 내가 아프가니스탄에서 온 것을 그가 어떻게 알았지?"

스탬포드가 슬쩍 웃으며 말했습니다.

"그것이 바로 홈즈 씨가 가진 능력입니다. 다른 사람들도 그가 어떻게 모든 사실들을 알아내는지 신기해하고 있지요."

"그것 참 흥미롭군. 어찌 되었든 홈즈를 만나게 해 줘서 고마워. 인류 연구의 첫걸음은 사람 연구라고 했지?"

"이참에 홈즈 씨에 대해 연구하는 것도 재밌겠군요. 하지만 쉽지는 않을 거예요. 그에 대한 연구는 무척 어려울 테니까요. 저와 내기를 해도 좋습니다. 왓슨 씨가 홈즈 씨에 대해 알아내는 것보다 그분이 당신에 대해 알아내는 게 훨씬 더 많을 거예요."

우리는 작별 인사를 한 뒤 헤어졌습니다. 혼자 호텔로 걸어오는 동안 내 관심은 온통 새로 알게 된 친구, 셜록 홈즈에게 향해 있었습니다.

그를 알려면 추리가 필요해

　다음 날, 나는 홈즈의 연구실로 가서 함께 베이커 가 221B번지로 이동했습니다. 홈즈가 말한 방으로 들어서자 침실 두 개와 깨끗하게 사용한 가구들이 눈에 들어왔습니다. 큰 창 두 개가 나 있는 널찍한 거실은 볕이 잘 들고 바람이 잘 통해 보였습니다. 방세를 두 사람이 나누어 내니 부담도 없을뿐더러, 방도 마음에 들어 우리는 그 자리에서 계약을 마쳤습니다.

　나는 바로 호텔로 돌아가 짐을 가져왔고, 홈즈는 다음 날 아침 커다란 가방을 가지고 왔습니다. 부지런히 짐을 풀고 물건을 정리하는 데 이틀이나 걸렸습니다. 그리고 우리는 새로운 환경에 적응해 나갔습니다.

홈즈는 그리 까다로운 룸메이트가 아니었습니다. 내가 원한대로 무척 조용했고 규칙적인 생활을 했습니다. 그는 밤 열 시 이전에 잠을 잤고 언제나 나보다 먼저 아침 식사를 마치고 방을 나갔습니다. 어느 날은 종일 실험실에 틀어박혀 있었고, 또 어떤 날은 해부실에 있었는데 가끔은 산책을 나가기도 했습니다.

그는 일에 몰두하면 정신없이 파고들었지만, 일이 끝나면 바로 축 처져서 거실 소파에 누워 손가락 하나도 까닥하지 않았습니다. 그를 모르는 사람이 보면 마약 중독이 아닐까 의심할 수도 있겠다는 생각이 들었습니다.

홈즈를 향한 내 호기심은 날로 커졌습니다. 내가 아니더라도 홈즈는 누구에게나 특별하게 보일 사람이었습니다. 180센티미터가 넘는 키는 그가 마른 탓에 훨씬 더 커 보였습니다. 그의 눈은 힘이 빠져 무기력해 보일 때를 빼고는 항상 총기가 넘쳐 반짝였습니다. 긴 매부리코를 보면 신중함과 결단력이, 돌출된 턱에서는 그의 강인한 성격이 느껴졌습니다. 그는 언제나 두 손에 잉크나 화학 약품 자국을 묻히고 다녔습니다. 섬세함을 타고난 듯 했지요.

그 무렵 나의 관심은 온통 홈즈에게 쏠려 있었습니다. 그는 쉽게 자신의 이야기를 하지 않았지만 나는 그에게 무슨 말이든 듣기 위해 귀를 기울였습니다. 독자들은 나를 쓸데없는 참견꾼이라고 말할지 몰라도, 나는 그때 목적도 없는 지루한 생활을 하고 있었습니다. 부상으로 인해 날씨가 좋지 않은 날에는 외출하기가 어려웠고 특별히 기분 좋을 일도, 방문하는 사람도 없었습니다. 그 때문인지 몰라도 나는 이 베일에 싸인 사나이의 모든 행동에 관심이 갔습니다.

그는 사실 의학에는 관심이 없었습니다. 이는 홈즈에게 직접 들은 말이었지요. 그의 연구는 학위를 따거나 시험을 위한 것이 아니었습니다. 그는 많은 것을 알고 있었습니다. 열정 또한 남달랐습니다. 하지만 홈즈는 자신이 관심 없어 하는 일에는 놀라울 정도로 아는 것이 없었습니다. 그는 현대 문학이나 정치, 철학 분야에 대해서는 전혀 몰랐고, 지구가 태양 주위를 돈다는 지동설이나 태양계의 구조에 대한 기본적인 상식조차 알지 못했습니다.

"놀라셨나요?"

홈즈가 내 얼굴을 보며 물었습니다. 그리고 말을 덧붙였습니다.

"어쨌거나 그 정도 알았으니 됐습니다. 그 이상은 잊어버리고 싶군요."

"잊고 싶다고요?"

나는 놀라서 외쳤습니다.

"인간의 뇌 용량은 한정되어 있습니다. 그러니 아무것이나 집어넣으면 안 되지요. 대신 내가 가지고 있던 소중한 지식이 날아갈 테니까요. 그래서 저는 내게 필요한 지식만을 저장한답니다. 잡다한 가구를 아무렇게나 쌓아 놓은 방처럼 뇌를 쓰고 싶지는 않으니까요.”

“그렇지만 태양계 구조 정도는 알고 있어도…….”

“저와는 상관이 없답니다. 지구가 태양 주위를 돌든 달 주위를 돌든 나와는 전혀 상관없는 이야기지요.”

그럼 도대체 당신이 하는 일이 무엇이냐고 묻고 싶었지만 더 이상 질문을 반길 것 같지 않았기에 나는 그동안 홈즈와 나누었던 대화를 떠올려 보았습니다. 그가 가진 지식은 모두 그가 하는 일에 필요하다고 했기에 나는 셜록 홈즈 목록을 만들어 보았습니다. 꼼꼼히 기록을 마치고 보니, 나도 모르게 피식 웃음이 나왔습니다.

◎ 셜록 홈즈 목록 ◎

1. 문학 지식 : 없음.

2. 철학 지식 : 없음.

3. 천문학 지식 : 없음.

4. 정치에 관한 지식 : 조금 가지고 있음.

5. 식물학 지식 : 극과 극. 독을 가진 식물에 대해서는 잘 알고 있지만 원예에 대해서는 아무것도 모름.

6. 지질학 지식 : 한정된 지식을 가지고 있음. 토양 분석 능력은 탁월함.

7. 화학 지식 : 상당한 경지에 이름.

8. 해부학 지식 : 비전문적이나 역시 상당한 지식을 갖추고 있음.

9. 범죄학 지식 : 최고 수준.

10. 바이올린 연주 능력이 상당함.

11. 권투와 검술에 능함.

12. 영국 법률을 잘 이해하고 있음.

나는 한 번 더 읽어 본 뒤 종이를 난로 속에 던졌습니다.

"휴, 아무리 생각해 봐도 모르겠어."

홈즈에 대한 목록에는 능숙한 바이올린 실력에 대해 적혀 있었습니다. 그는 아무 때라도 내 신청곡을 연주해 줄 수 있었지요. 멘델스존의 가곡은 물론 그보다 어려운 곡도 쉽게 연주했습니다. 그러나 혼자 연습하는 일은 별로 없었습니다.

저녁 무렵 이따금 하는 연주는 언제나 달랐습니다. 때로는 우울했고 또 때로는 활기찼습니다. 그의 연주에는 그의 마음이 담겨 있었습니다. 그래서 마음의 안정을 위해 연주를 하는지 아니면 연주를 통해 마음의 안정을 찾는지 몰라서 헷갈리기도 했지요. 홈즈가 내 신청곡을 연주해 주지 않았다면 나는 짜증을 냈을지도 모릅니다.

일주일이 지나도 홈즈를 찾는 사람은 없었습니다. 그래서 나는 홈

즈도 나처럼 외톨이인 줄 알았습니다. 하지만 곧 많은 사람들이 찾아오기 시작했습니다. 그중에 레스트레이드라는 남자는 일주일에 몇 번씩 찾아왔습니다. 한번은 최신 유행복을 입은 멋진 여자가 와서 삼십 분도 넘게 이야기를 하다 간 적도 있었고, 또 한번은 유태인으로 보이는 초라한 옷을 입은 남자가 다녀가기도 했습니다. 중년의 부부, 머리가 백발인 노신사, 제복을 입은 기차 수화물을 운반하는 인부도 다녀갔습니다.

"고객과 이야기를 해야 하니, 잠시 거실을 내 사무실로 써도 될까요?"

손님이 오기 전에 홈즈는 내게 허락을 구하고 거실을 사용했고 나는 내 침실로 들어갔습니다. 나는 그가 무슨 일을 하는지 무척이나 궁금했지만 물어볼 용기는 나지 않았습니다. 그러던 어느 날, 홈즈가 먼저 일에 대한 이야기를 꺼냈습니다.

그날은 3월 4일이었지요. 나는 지금도 그 날짜를 정확히 기억하고 있습니다. 오래전부터 아침잠이 많은 나는 그날따라 홈즈가 아침 식사를 마치고 있을 즈음 잠자리에서 일어났습니다. 하숙집 부인은 내가 늦게 일어나는 것을 알고 있었기에 평소 내 아침 식사를 나중에 차려 주었습니다. 나는 괜히 짜증을 부리며 벨을 울려 식사와 커피를 올려 달라고 말했습니다. 그리고 홈즈가 토스트를 먹는 동안 옆에서 잡지나 읽을 생각으로 테이블 앞에 앉았습니다. 그런데 잡지에 실린 한 기사에 연필로 표시가 되어 있었습니다.

기사 제목은 '생명의 책'이었습니다. 분석을 정확히 사용하면 관찰력이 우수한 사람들이 얼마나 많은 것을 얻을 수 있는지 짧게 설명되어 있었습니다. 기사는 강렬했지만 내게는 과장되고 터무니없게 느껴졌습니다. 글을 쓴 사람은 눈동자나 근육의 움직임으로도 사람의 속마음을 알 수 있다고 주장했습니다. 또 관찰과 분석에 능한 사람은 쉽게 속지 않으며 유클리드의 정리만큼 정확한 결론에 도달한다고 이야기했습니다. 관찰과 분석의 중요성을 모르는 자들은 추리를 마법으로 생각한다며 다음과 같이 기사를 썼습니다.

무엇을 연구하는 사람은 물방울 하나를 보고도 추측을 통해 태평양이나 나이아가라 폭포를 눈으로 보는 것처럼 생각할 수 있다. 인생은 커다란 사슬이다. 고유한 성질을 아는 것은 고리 하나를 분석하는 것에서 출발한다. 추리 분석학 또한 다른 학문과 마찬가지로 결과를 얻기 위해 오랫동안 연구와 노력을 필요로 한다. 특히 올바른 정신을 유지해야 하는 어려움이 있다.

탐구자는 우선 가장 기초적인 것을 알고 있어야 한다. 어떤 상황이든 한눈에 상대방의 경력과 직업을 알 수 있도록 해야 한다. 이 경지에 오르기 위해서는 많은 노력이 필요하다. 손톱, 소매 끝, 구두, 바지의 무릎, 집게손가

락과 엄지손가락의 굳은살, 얼굴 표정, 소매의 단추는 모두 직업을 알려 주
는 중요한 소재다. 이것을 보고서도 직업을 못 맞춘다면 그것은 정말로 끔
찍한 일이다.

"정말 말도 안 되는 글이군요!"

나는 잡지를 던졌습니다.

"이 엉터리 기사를 보고 한 말입니다."

나는 달걀 숟가락으로 잡지를 가리켰습니다.

"연필로 표시가 되어 있는 걸 보니 홈즈 씨도 읽은 모양이지요?
그럴싸해 보이지만 사실은 말도 안 되는 소리입니다. 이런 글은 서
재에서 할 일 없이 빈둥거리는 사람이 쓴 것일 거예요. 이 사람을 지
하철 삼등칸에 묶어 두고 지나가는 사람들의 직업을 맞춰 보라고 말
하고 싶군요. 나는 분명히 못 맞춘다에 걸겠습니다."

"선생이 질 거예요. 그 기사는 내가 썼거든요."

"당신이 썼다고요?"

"그렇습니다. 나는 관찰과 추리를 중요하게 생각합니다. 기사로
보면 이론적이지만 생활 속에서는 놀라운 힘을 발휘하지요. 그래서
나는 이것으로 돈을 벌고 있답니다."

"어떻게요?"

"나 또한 직업을 가지고 있습니다. 세상에 이런 직업을 가진 사람은 나밖에 없겠지만요. 나는 자문 탐정입니다. 런던에는 훌륭한 경찰과 사립 탐정들이 많이 있습니다. 하지만 그들도 어려움에 빠지면 나를 찾아오지요. 그리고 그들이 정보를 알려 주면 나는 내가 가진 지식과 추리력을 이용해서 사건을 해결합니다. 많은 범죄는 비슷한 형태를 가지고 있습니다. 그래서 천 가지 범죄를 알고 있으면 다음 천한 번째 범죄도 해결할 수 있지요. 레스트레이드는 명성이 자자한 형사입니다. 하지만 그는 요즘 어려움에 빠져 있지요. 그래서 나를 매번 찾아오고 있답니다."

"그럼 다른 사람들은 왜?"

"저마다 문제가 생겨서 나를 찾곤 하지요. 나는 그들과 상담한 뒤 문제를 해결해 주고 사례비를 받습니다."

"본인이 해결하지 못한 일을 당신이 해결한다고요? 그것도 방에만 있는 당신이?"

"말하자면 그렇습니다. 하지만 가끔씩은 저도 바깥에 나가 현장을 살펴본답니다. 그리고 내가 가진 모든 지식을 총동원해서 문제를 해결합니다. 추리를 하면 문제는 대부분 해결되지요. 선생은 비웃었지만 잡지에 실린 이 기사는 제게 대단히 중요한 법칙이랍니다. 기억하시나요? 우리가 처음 만났을 때 나는 선생이 아프가니스탄에 다녀온 것을 알아내지 않았습니까!"

"누군가에게 들었겠지요."

"절대 그런 일은 없었습니다. 내 추리가 순식간이어서 중간 설명 과정이 없었지만요. 찬찬히 말하자면 이렇습니다. 그는 군인 모습이 아직 남아 있는 의사이다. 그러므로 그는 군의관이다. 그의 피부는 하얗지만 얼굴은 검게 탔다. 열대 지방에서 지냈다는 뜻이다. 얼굴 혈색이 안 좋은 것을 보니 병을 앓았고 고생도 좀 했을 것이다. 또한 왼팔이 부자연스러운 것을 보니 그는 부상을 당했다. 여기까지가 제가 본 관찰이지요. 영국 군의관이 팔을 다치면서까지 고생할 열대 지방은 아프가니스탄밖에 없지요. 이것이 제 추리입니다. 선생을 본 즉시 1초 만에 말하지 않았습니까. 저도 어쩔 수 없는 습관이 되어서 말입니다."

"그랬군요. 홈즈 씨는 에드거 앨런 포의 뒤팽과 비슷하군요."

홈즈는 파이프에 불을 붙였습니다.

"칭찬은 고맙습니다. 다만 내가 뒤팽보다 실력이 좋다는 사실을 말해 두고 싶군요. 그리고 앨런 포도 나름대로 천재성을 지니고 있지만 크게 놀랄 정도는 아니지요."

"에밀 가보리오의 작품은 읽어 보셨습니까? 거기 나오는 르콕 탐정은 어떤가요?"

“르콕은 끔찍하지요. 의욕 빼고는 볼 것이 없어요. 하루면 해결할 일을 르콕은 여섯 달을 끌지요. 그의 탐정 이야기는 엉터리입니다. 탐정이 망하는 이야기라고 해도 과언이 아니지요.”

내가 좋아하는 작가와 작품들이 그에게 무시를 당하니 화가 났습니다. 나는 창가에 서서 바쁘게 오가는 행인들을 내려다보았습니다.

“심심하군요. 흥미로운 사건이 일어나면 좋겠는데 말입니다. 타고난 머리를 가지고 연구를 거듭해도 범죄가 생기지 않는다면 아무 소용이 없겠지요. 사실 요즘 범죄는 너무 간단해서 경찰들도 쉽게 해결하지만요.”

홈즈가 말했습니다.

솔직히 나는 홈즈의 잘난 척을 더는 듣고 싶지 않았습니다. 그래서 슬쩍 다른 말을 꺼냈습니다.

“저기 저 사람은 무엇을 찾고 있을까요?”

나는 덩치가 큰, 소박한 옷차림을 한 사내를 가리키며 물었습니다. 그는 커다란 봉투를 든 채 번지수 팻말을 뚫어져라 들여다보고 있었습니다.

“아, 저 퇴역한 해병대 하사관을 말씀하시는군요!”

‘흥, 허풍쟁이! 아주 제멋대로 떠드는군!’

나는 속으로 흉을 보았습니다. 그때 덩치 큰 남자가 우리 집 번지

를 확인하고는 바쁘게 길을 건너왔습니다. 그러고는 노크 소리와 발

소리를 번갈아 내더니 곧장 우리가 있는 방으로 들어왔습니다.

“셜록 홈즈 씨를 뵙고 싶습니다.”

그는 홈즈에게 편지를 건넸습니다. 나는 홈즈의 기세등등한

기를 누르기 위해 즉시 그에게 질문을 했습니다.

“실례지만 어떤 일을 하십니까?”

“저는 심부름꾼입니다. 제복은 수선을

맡겨서 입지 않았지만요.”

“그럼 전에는 무슨 일을 하셨습니까?”

“네, 해병대 보병 하사관이었습니다.

홈즈 씨, 답장을 보내실 겁니까, 아니

라면 저는 그만 나가 보겠습니다.”

그는 거수경례를 한 뒤 방을 나

갔습니다.

로리스턴 가든의 살인 사건

나는 그때 홈즈가 말한 대로 나타난 증거를 보고 깜짝 놀랐습니다. 그것은 곧 그가 주장한 이론이 쓸모가 있다는 이야기였지요. 곧 그의 분석력에 존경심까지 갖게 되었습니다. 하지만 한편으로는 나를 속이기 위해 거짓말을 하는 것이 아닌가 하는 의심도 들었습니다. 물론 그가 그렇게 행동할 이유는 없었지요.

홈즈는 벌써 편지를 다 읽은 듯했습니다. 그의 눈은 어느새 생기를 잃고 먼 곳을 바라보고 있었습니다.

"어떤 방법으로 추리를 했지요?"

내가 물었습니다.

"무엇을 말하는 건가요?"

홈즈는 조금 불편한 듯 냉담하게 말했습니다.

"그가 전역한 하사관이라는 것을 말입니다."

"설명이 필요합니까, 너무 간단한 일인 것을요."

그는 별일 아니라는 듯 퉁명스럽게 대답했습니다. 하지만 곧 싱긋 웃으며 말을 이었습니다.

"제가 무례했다면 미안합니다. 선생 때문에 잠시 내 생각이 끊겨서 그랬습니다. 그런데 그 사람이 해병대 하사관이었다는 것을 정말 몰랐단 말입니까?"

"그렇습니다."

"그 사실을 설명하는 것보다 추리하는 게 더 쉬워요. 만약 누군가가 2 더하기 2가 4라는 사실을 설명해 보라면 어떻습니까? 정답은 말하기 쉽지만 설명을 하자면 복잡해지지 않습니까. 나는 그가 길 건너편에 있을 때 이미 보았습니다. 손등에 새겨져 있는 크고 푸른 닻 문신을요. 문신을 보고 그가 바닷사람이라는 것을 알게 되었죠. 또 그에게는 다른 사람과 다른 군대식 행동이 배어 있었어요. 잘 손질한 수염도 있었고요. 그가 해병대 출신이라는 것은 너무도 분명했지요. 또 그에게는 조금 거만한 성격이 느껴졌습니다. 다른 사람에게 명령하는 게 익숙한 태도 말입니다. 그 사람이 머리를 곧게 세우고 지팡이를 흔드는 모습을 보셨지요? 그건 그가 하사관이라는 것을 알려 주는 정확한 증거입니다.”

“오호, 대단하군요!”

나는 외쳤습니다.

“그다지 특별할 것은 없습니다.”

홈즈는 별일 아니라는 듯 말했습니다. 하지만 내가 감격한 모습을 보고는 만족스러워하는 표정을 지어 보였습니다.

“아까 말했지요. 요즘 범죄가 뜸하다고요. 하지만 내 말은 틀렸답니다. 이걸 좀 보세요.”

그는 심부름꾼이 가져온 편지를 꺼냈습니다.

“아니, 이런 일이!”

나는 편지를 읽으며 소리쳤습니다.

“그래, 뭔가 특별한 것이 숨겨져 있어!”

홈즈는 낮은 목소리로 중얼거렸습니다.

“큰 목소리로 좀 읽어 주시겠습니까?”

나는 말했습니다.

친애하는 셜록 홈즈 씨께.

어젯밤 브릭스턴 가 로리스턴 가든 3번지에서 좋지 않은 사건이 일어났습니다. 그곳을 순찰하던 순경이 새벽 두 시경, 어느 집에 불이 켜져 있는 것을 보았습니다. 그 집은 사람이 살지 않는 집이었기에 순경은 이상하다고 여겼지요. 집에 들어가 보니 현관문은 열려 있었습니다. 그리고 거실에는 정장을 입은 한 신사의 시체가 있었습니다. 그의 옷에서는 '미국 오하이오 주 클리블랜드 시 이녹 J. 드레버'라는 명함이 나왔습니다. 도난품은 없었고 죽은 원인을 밝혀 줄 증거도 찾을 수 없었습니다. 핏자국이 발견됐지만 시체에는 상처가 없었습니다. 피살자가 어떤 방법으로 빈집에 들어갔는지 또한 알 수 없습니다. 사건 현장은 열두 시까지 보존할 예정입니다. 홈즈 씨께서 오셨으면 합니다. 만약 사정이 생겨 오지 못하신다면 나중에라도 이 사건에 대해 의견을 나눴으면 합니다.

— 토비아스 그렉슨

"그렉슨은 경시청에서도 인정한 똑똑한 사람이지요. 그와 레스트레이드 모두 훌륭한 경찰입니다. 두 사람 모두 행동이 빠르고 의욕적이지만 생각은 좀 고지식하지요. 게다가 서로를 싫어해요. 마치 여자들이 질투를 하는 것처럼 말이지요. 그런 두 사람이 이 사건을 맡는다면 아주 재밌겠는데요?"

나는 홈즈가 아무렇지도 않게 말하는 것이 걱정스러웠습니다.

"어서 가 봐야 하지 않을까요? 마차를 불러 드리지요."

"글쎄요, 어떤 결정을 내려야 할지 모르겠습니다. 보다시피 제가 게으름뱅이잖아요.”

“하지만 당신이 그토록 기다리던 사건이지 않습니까!”

“내 사건은 아니지요. 내가 나서서 일을 해결한다고 해도 그렉슨과 레스트레이드가 상을 받을 테고요. 나는 경찰이 아닌 사립 탐정이니까요.”

“그렉슨이 도와 달라고 하지 않습니까?”

“그렉슨은 내 실력을 믿지요. 자신보다 뛰어나다는 것도 알고요. 하지만 다른 사람들 앞에서는 감추려고 하지요. 그래요, 어찌 되었든 사건 현장에 가 보는 것도 괜찮겠군요. 뭐 얻을 것은 별로 없더라도 그 사람들 코를 눌러 줄 수는 있을 테니까요. 자, 갑시다!”

홈즈는 바삐 외투를 챙겨 입었습니다.

“모자를 쓰세요.”

“저도 갑니까?”

“바쁘지 않다면 그러시죠.”

잠시 뒤, 우리는 이륜마차를 타고 브릭스턴 가로 향하고 있었습니다.

어두운 거리에는 안개가 짙게 끼어 있었습니다. 홈즈는 흥분하여 크레모나 바이올린에 대해 이야기를 하는가 싶더니, 갑자기 스트라디바리우스와 아미티의 차이에 대해 한참을 떠들었습니다. 나는 우울한 날씨 탓에 말없이 그의 이야기를 듣고 있었습니다.

"이번 사건은 흥미롭지 않은 모양이지요?"

"현재까지는 사건에 관한 이야기를 잘 모르니까요. 자료가 부족한 상태에서 수사를 하는 건 옳은 방법이 아닙니다. 잘못된 결과를 가져올 수 있으니까요."

"자료는 곧 얻을 수 있겠지요."

나는 마차 밖을 보며 다시 말을 이었습니다.

"여기가 브릭스턴 가입니다. 그리고 사건 현장은 아마도 저 집인 것 같군요."

"그렇군요. 마부, 여기서 세워 주게나."

우리는 홈즈가 우기는 바람에 사건 현장을 100미터 남겨 놓고 서둘러 내렸습니다.

로리스턴 가든 3번지는 어딘가 음침했습니다. 사건 현장은 거리에서 조금 안쪽으로 들어선 네 집 중 한 채였는데, 그중 두 집은 비어 있었고 두 집은 사람이 살고 있었습니다. 빈집 창문에는 '임대'라는 글자가 을씨년스럽게 붙어 있었습니다. 그리고 집 주변에는 죽은 나무와 풀이 엉켜 있었습니다. 어젯밤 내린 비로 뜰 앞길은 질퍽거렸고, 1미터쯤 되는 벽돌담이 뜰을 감싸고 있었습니다. 집 앞에는 순경 한 명을 둘러싸고 동네 사람들이 모여 있었습니다.

홈즈는 차분한 모습으로 꼼꼼히 집 앞을 살펴보았습니다. 그리고 큰 길을 몇 번씩 건너고는 건너편 집과 담 위 나무 난간을 유심히 보았지요. 비에 젖어 있는 뜰도 거닐었습니다. 그는 중간에 발걸음을 멈추고는 알 수 없는 미소를 짓기도 했습니다. 발자국이 있긴 했지만 경관들이 제때 보존하지 않아 다른 무엇이 남아 있을 것 같지는 않았습니다. 하지만 홈즈라면 분명히 그 무엇인가를 찾을 수 있으리라는 생각이 들었습니다.

현관 앞에는 옅은 갈색 머리와 흰 피부를 가진 키 큰 남자가 수첩을 들고 서 있었습니다. 그는 홈즈를 발견하자 무척 반가운 얼굴로 악수를 청했습니다.

"어서 오십시오. 사건 현장은 건드리지 않았습니다."

"그런데 저 뜰은 그렇지 않군요."

홈즈가 말을 이었습니다.

"물소 떼가 지나간 자리도 저만큼 엉망이진 않을 것 같군요. 하지만 그렉슨 씨, 당신이 저것보다 더 중요하게 생각한 무엇인가가 있겠지요?"

"집 안에도 수사할 것은 많습니다. 레스트레이드가 집 밖을 맡았으니 그 책임은 그에게 있습니다."

그렉슨이 난처해하며 말했습니다.

"당신과 레스트레이드가 있으니 저는 할 일이 별로 없겠군요."

그러자 그렉슨이 두 손을 비벼 대며 말했습니다.

"이미 우리가 할 일은 다 했습니다. 참 이상한 사건이지요. 그래서 홈즈 씨를 모셔 왔습니다."

"오는 길에 마차를 탔습니까?"

홈즈가 물었습니다.

"아니요."

"레스트레이드 씨도 마차를 타지 않았나요?"

"네."

"그럼 방으로 가 봅시다."

홈즈는 알쏭달쏭한 말을 남기고는 집 안으로 들어갔습니다. 그렉슨은 머리를 갸웃거리며 뒤따라 들어갔습니다. 먼지가 가득한 통로를 따라가니 부엌과 세탁실이 보였습니다. 그 끝에는 양편으로 문이 하나씩 있었습니다. 그중 하나는 오랫동안 닫혀 있는 듯 보였습니다. 그리고 다른 하나는 식당으로 통하는 문으로 그 문 뒤에 현장이 있었습니다. 홈즈가 먼저 식당에 들어갔고 나는 그 뒤를 따랐습니다.

커다란 정사각형 방은 가구가 없이 텅 비어 있어 더욱 크게 보였습니다. 때가 묻어 번들거리는 싸구려 벽지 위로는 곰팡이가 피어 있고, 벗겨진 벽지 사이로 노란 회벽이 보였습니다. 건너편에는 방 크기와는 어울리지 않게 큰 벽난로가 있고, 모조 대리석 상판 위에는 타다 남은 붉은 양초가 보였습니다. 먼지가 내려앉은 창문 사이로 들어오는 옅은 빛이 사물을 어둡게 비추었습니다.

하지만 처음부터 이렇게 방을 자세히 본 것은 아니었습니다. 방에 들어선 순간 가장 먼저 눈에 들어온 것은 바닥에 누워 있는 시체였습니다. 죽은 사내는 멍한 눈으로 천장을 올려다보고 있었습니다. 마흔 살 중반쯤 되었을까? 검은 머리에 턱수염을 기른 보통 체구의 남자였습니다. 프록코트와 조끼를 입었고 옷깃 또한 깨끗했습니다. 두 주먹을 쥐고 양팔을 펴고 있지만 두 다리는 꼬여 있었습니다. 죽는 순간 극심한 공포와 고통을 느낀 듯했습니다. 끔찍한 표정은 좁은 이마와 콧대 그리고 턱을 내려와 마치 원숭이처럼 보였습니다. 나는 전쟁터에서 수많은 죽음을 보았습니다. 하지만 런던 외각에 자리 잡은, 이 어둡고 음침한 방에서 보았던 죽음보다 더 공포스러운 죽음을 본 일은 없었습니다.

마치 족제비처럼 비쩍 마른 레스트레이드가 문가로 다가와 우리에게 인사를 했습니다.

"홈즈 씨, 이 사건으로 꽤나 시끄러울 것 같군요."

그가 말했습니다.

“나도 이렇게 끔찍한 현장은 처음 보았습니다.”

“단서는 좀 찾았나?”

그렉슨이 물었습니다.

“전혀, 아무것도!”

레스트레이드가 무덤덤하게 말했습니다.

홈즈는 시신 옆에 다가가 무릎을 꿇고 유심히 들여다보았습니다.

“사체에 상처가 하나도 없단 말입니까?”

홈즈가 방 벽에 튄 핏자국을 쳐다보며 말했습니다.

“네, 그렇습니다!”

두 형사는 동시에 외쳤습니다.

“그렇다면 이 피는 상대가 흘린 피일 테지요. 바로 살인범의 피요. 이 사건이 살인 사건이라면 말입니다. 1834년에 네덜란드 유트레히트에서 발생한 반 얀센 살인 사건이 떠오르는군요. 그렉슨 씨, 그 사건을 알고 있습니까?”

“모릅니다.”

“그 사건을 꼭 찾아보세요. 태양 아래 새로운 일이란 없습니다. 모든 일은 다 거기서 거기지요. 비슷하게 반복된단 말입니다.”

홈즈는 말을 하면서도 민첩하게 사체 이곳저곳을 살펴보았습니다. 그러고는 마지막으로 사체 입가에 코를 대고 냄새를 맡아 보았습니다. 죽은 남자의 에나멜 구두 밑창도 살폈지요.

"시신을 옮긴 적은 없습니까?"

홈즈가 물었습니다.

"검사를 하면서 건드렸을 수는 있습니다. 하지만 이동은 하지 않았습니다."

"좋습니다. 제 조사는 이제 끝났으니 시체를 안치소로 옮기도록 하세요."

그렉슨은 홈즈의 지시에 따라 남자 네 사람을 불러 시신을 옮겼습니다. 그때 반지 하나가 굴러 떨어졌습니다. 레스트레이드가 반지를 줍고서 소리쳤습니다.

"여자의 결혼반지야! 이 사건에 여자가 숨어 있군."

그가 말했습니다.

"골치가 더 아파지는군. 점점 더 어려워지고 있어."

그렉슨은 반지를 받아 손바닥 위에 올려놓으며 말했습니다.

"아뇨, 더 단순해지지 않을까요?"

홈즈가 작은 목소리로 말을 이었습니다.

"반지를 본다고 해도 다른 단서는 나오지 않을 겁니다. 시신의 주머니에서는 무엇이 나왔지요?"

"여기 모아 두었습니다."

그렉슨이 계단 아래에 있는 자루를 가리키며 말했습니다.

"런던 바로드 사의 순금 앨버트 줄이 달린 금시계, 제조번호는 97163. 프리메이슨 문장이 새겨진 금반지, 불도그 모양의 황금 핀, 러시아제 가죽 명함 케이스, 미국 클리블랜드 시의 이녹 J. 드레버라고 쓰여 있는 명함. 이 명함은 그의 셔츠와 수건에 새겨진 E. J. D라는 머리글자와 일치합니다. 지갑 없이 현금만 7파운드 13실링, 조셉 스탠거슨이라고 쓰여 있는 《데카메론》 문고판 한 권, E. J. 드레버와 조셉 스탠거슨에게 온 편지 두 통 등이 나왔습니다."

"편지 주소는 어디로 되어 있습니까?"

"스트랜드의 미국 달러 환전소입니다. 모두가 기온 선박 회사에서 온 것이고, 리버풀에서 떠나는 그들의 선박에 관해 적혀 있습니다. 이 남자는 뉴욕으로 돌아가려던 것 같습니다."

"스탠거슨에 대해서 조사를 했습니까?"

"네, 지금 조사하고 있습니다. 모든 신문에 광고를 냈고 미국 달러 환전소로 부하 한 명을 보내 놓았습니다."

"클리블랜드 시에는 연락을 했습니까?"

"오늘 오전에 전보를 보냈습니다."

"내용은 어떻게 썼습니까?"

"이곳 상황을 설명한 뒤 지원 요청을 했습니다."

“당신이 더 알아내려고 한 것들은 없나요?”

“스탠거슨의 신원을 물었습니다.”

“혹시 다른 건 없습니까? 그게 다인가요?”

“제가 할 말은 전보에 모두 썼습니다.”

그렉슨이 짜증 난 말투로 대답했습니다. 홈즈가 분위기를 바꿔 다른 말을 하려는 순간 거실에 있던 레스트레이드가 들어왔습니다.

“그렉슨, 지금 방금 중요한 걸 찾아냈어. 바로 식당 벽에서 말이야!”

그는 흥분해서 소리쳤습니다. 라이벌을 앞서고 있다는 자신감을 애써 감추려는 표정이었습니다.

“자, 모두 이곳으로 오세요.”

우리는 함께 레스트레이드를 따라 식당으로 들어갔습니다.

“그곳에 서서 여길 보시면 됩니다.”

그는 성냥불을 켠 뒤 높이 치켜들었습니다. 그러자 벽지가 떨어져 나간 자리에 노란 회칠이 보였습니다. 그곳에 핏빛으로 글자가 새겨져 있었습니다.

Rache

Rache

"어떻습니까?"

레스트레이드는 마치 흥미진진한 쇼를 진행하듯 다시 말을 이었습니다.

"여기는 너무 구석진 자리라 아무도 조사하지 않았겠지요. 살인범은 아마 피로 썼을 것입니다. 보세요, 흘러내린 핏자국을. 죽은 사내는 자살하지 않았습니다. 그런데 글자는 왜 구석에 있을까요? 벽난로 위 붉은 양초를 보셨겠지요? 저 초가 켜져 있으니 구석까지 환히 밝았을 것입니다."

"그런데 말이야. 자네가 발견한 저건 무엇을 뜻하는 거지?"

그렉슨이 무시하듯 물었습니다.

"아마도 레이첼이라는 여자의 이름 앞머리였을 거야. 누가 방해를 하는 바람에 다 쓰지 못한 거지. 내 생각이 분명 맞아. 이 사건에는 레이첼이라는 여자가 관련되어 있어. 홈즈 씨, 절 보고 비웃을지 모르지만 시간이 지나고 나면 제 실력을 인정하실 것입니다."

"실례했습니다."

갑자기 웃음보를 터뜨려 레스트레이드의 기분을 상하게 한 홈즈가 말했습니다.

"이 단서를 발견한 것은 분명 레스트레이드 씨의 공입니다. 당신 말처럼 이 글씨는 어제 사건과 관계가 있는 것 같군요. 그리고 나는 아직 이 방을 모두 살펴보지 않았습니다. 그래서 말인데, 조금 더 둘러봐도 될까요?”

홈즈는 주머니에서 줄자와 확대경을 꺼냈습니다. 그는 무릎을 꿇기도 하고 엎드리기도 하면서 천천히 방 안을 둘러보았습니다. 그는 마치 방 안에 아무도 없다는 듯 행동했습니다. 그러고는 감탄을 하는가 하면 휘파람 소리와 신음 소리를 번갈아 냈습니다. 마치 잘 훈련된 폭스하운드 사냥개가 덤불 사이에서 사냥감을 찾아내는 듯 보였지요.

그는 이십 분을 넘게 조사했습니다. 벽 자국 사이와 벽을 자로 잰 뒤에는 회색 먼지를 봉투에 담았고, 글씨 한 자 한 자를 유심히 들여다보았습니다. 그러고는 특유의 만족스러운 미소를 띠며 입을 열었습니다.

“천재란 한평생 고통을 견뎌 내는 자라고들 하지요. 대단히 부담스러운 말이지만 탐정에게는 어울리는 말이기도 합니다.”

그렉슨과 레스트레이드가 평소 때보다 더 경계하는 눈빛으로 홈즈를 바라보았습니다. 홈즈가 무턱대고 행동하지 않는다는 사실을 나는 알고 있었지요. 그의 행동 하나하나는 중요한 목적을 위한 것이었습니다.

“어떻습니까?”

두 사람이 동시에 물었습니다.

"제가 끼어들어서 이 문제를 해결한다면 두 분의 공을 빼앗는 것이 되겠지요. 또한 지금 두 분 모두 잘하고 계시니 참견하지 않는 것이 좋겠지만……."

홈즈는 비웃듯 말했습니다.

"앞으로 어떻게 수사를 하실지 알려 주십시오. 그러면 제가 도울 수 있는 일은 모두 돕도록 하겠습니다. 그보다 먼저 사체를 발견한 순경을 만나보고 싶군요. 그의 주소를 알려 주시면 고맙겠습니다."

레스트레이드가 수첩을 펼치며 말했습니다.

"케닝턴 파크 게이트, 오들리 코트 46번지입니다. 마침 쉬는 날이니, 집에 가면 만날 수 있겠군요. 존 랜스 순경입니다."

홈즈는 주소를 받아 적었습니다.

"왓슨 씨, 이제 갈까요? 우리는 랜스 씨를 만나러 가야 합니다. 아, 그리고 한 가지 더 이야기할 것이 있는데……."

그렉슨과 레스트레이드가 눈동자를 반짝였습니다.

"이 사건은 살인 사건입니다. 범인의 키는 180센티미터 이상 되는 남자입니다. 키에 비해 발이 작은 중년 남자지요. 코가 무딘 구두를 신었고 인도산 트리치노폴리 시가를 피우고 있는 것 같군요. 이곳에는 피살자와 함께 사륜마차를 타고 왔습니다. 말은 오른쪽 앞발에 새 편자를 박았고요. 또 살인자는 얼굴이 붉고 오른손 손톱이 깁니다. 뭐 별것 아니지만 도움이 되긴 할 것입니다.”

그렉슨과 레스트레이드는 서로를 마주 보며 황당하다는 듯 웃었습니다.

“그럼 그가 살해당했다면 어떻게 죽었습니까?”

레스트레이드가 물었습니다.

“독살입니다.”

홈즈는 아무렇지도 않게 말하고는 문을 열려다 다시 몸을 돌려 말했습니다.

“Rache는 독일어로 복수를 뜻합니다. 그러니 레이철이라는 여성은 찾을 필요가 없겠군요.”

홈즈는 넋이 나간 두 남자를 남겨 두고 방을 나왔습니다.

목격자 존 랜스의 진술

우리가 그곳을 나온 건 오후 한 시경이었습니다. 홈즈는 나와 함께 전신국으로 가서 긴 전보를 쳤습니다. 그리고 마차를 타고 레스트레이드에게 받은 주소지로 출발했습니다.

"가장 좋은 증거는 내가 조사한 자료 중에 나오지요. 이 사건에 대해 이미 결론을 내렸지만 증거는 많을수록 좋습니다."

"홈즈 씨, 오늘 하루만 해도 당신은 나를 여러 번 놀라게 만드는군요. 당신이 한 말들에 모두 자신이 있습니까?"

"당연하지요. 사륜마차가 남긴 두 개의 바퀴자국을 현장에서 보셨지요? 어젯밤을 빼고 일주일 내내 비는 내리지 않았습니다. 그러니 바퀴자국은 어젯밤에 찍힌 거지요. 말발굽 자국도 찾았는데 네 개

중 한 개가 뚜렷하더군요. 그래서 그게 새 편자 자국이라는 사실도 알아냈습니다. 마차는 비가 내릴 때 왔고, 다른 마차는 오지 않았으니 밤중에 다녀갔다는 뜻입니다. 두 사람은 그 마차에서 내렸지요.”

“그렇게 생각할 수도 있겠군요. 그런데 살인범의 키는 어떻게 알아냈습니까?”

“남자 키 정도는 보폭으로 알 수 있습니다. 간단한 계산법을 알려 주면 되는데 그다지 재밌는 이야기가 아니니 생략하지요. 살인범의 발자국은 뜰에서도 발견되었고, 집 안 바닥 먼지 위에서도 발견되었어요. 더 쉬운 추리도 있습니다. 벽에 무엇인가를 쓸 때는 눈높이에 맞춰 쓰겠지요. Rache라는 글자는 180센티미터쯤 위치에 있었습니다. 이 정도는 초급 수준의 추리지요.”

“그럼 나이는요?”

“늙은이는 140센티미터나 되는 웅덩이를 건널 수 없겠지요. 에나멜 구두는 웅덩이 끝자리를 돌아갔고 뭉툭한 구두는 넘어갔어요. 이것이 확실한 증거가 되었습니다. 제가 잡지에 발표한 추리는 실제 상황을 적용한 결과물이라고 할 수 있습니다. 다른 궁금한 것이 있으면 말해 보세요.”

“손톱이 길다는 것은요? 또 트리치노폴리 시가는 어떻게 아셨습니까?”

"검지에 피를 묻혀 벽에 글씨를 썼더군요. 그런데 자세히 보니 벽이 긁혀 있었어요. 만약에 손톱이 짧다면 그런 자국은 생길 수 없지요. 또 마룻바닥에 담뱃재가 떨어져 있었는데 시커먼 비늘 같았습니다. 그건 트리치노폴리 시가에서 나오는 담뱃재만이 그럴 수 있어요. 나는 담뱃재에 관해서도 연구한 적이 있습니다. 논문을 낸 적도 있고요. 뭐 자랑 같지만, 나는 담뱃재만 봐도 어떤 시가인지 구분할 수 있습니다. 그런 섬세한 것을 찾아내는 기술이 그렉슨이나 레스트레이드에게는 없지요."

"그럼 얼굴이 붉다는 것은 어떻게 알았습니까?"

"저만의 추측이에요. 그러나 분명 맞을 것입니다. 그 이유는 나중에 말씀드리지요."

"이럴 때는 헷갈리게 만드는군요. 이 사건에는 이상한 점이 너무 많아요. 어째서 두 사람은 빈집에 들어갔을까요? 마부는 어디로 갔고요? 또 독약은 어떻게 먹였을까요? 피는 누구 것인지, 살인은 왜 저지른 건지……, 여자의 반지와 Rache라는 독일어. 이 모든 것은 어떤 관계가 있을까요?"

홈즈는 부드럽게 웃으며 말했습니다.

"사건의 중요한 부분을 잘 이야기하셨습니다. 나 또한 이 모든 것을 모아서 추리를 해 봤지만 아직도 많은 의문이 갑니다. 하지만 독일어는 경찰을 헷갈리게 만들기 위해 조작한 것이 틀림없어요. 글자를 자세히 보셨나요? 진짜 독일인이라면 라틴 글자로 썼을 것입니다. 이건 분명 독일 사람으로 보이기 위해 속임수를 쓴 것이 확실합니다. 사회주의 운동과 비밀 단체 등의 분위기를 풍기며 경찰 수사에 혼란을 주기 위한 것이지요. 그리고 불쌍한 레스트레이드는 거기에 걸려들었습니다. 자, 이 정도로만 설명하지요. 마술사가 관객들에게 마술 기술을 모두 알려 준다면 신비감이 떨어지지 않을까요? 다 알려 주면 나 역시 곧바로 평범한 사람으로 돌아오니까요.”

“그럴 일은 절대 없습니다. 정말로 당신의 추리는 최고입니다.”

홈즈는 내 칭찬에 만족하는가 싶더니 이내 얼굴을 붉혔습니다. 아름답다는 칭찬을 듣고 부끄러워하는 미녀들처럼, 홈즈 또한 칭찬에 약하다는 것을 나는 잘 알고 있었습니다.

“그럼 조금 더 이야기할까요? 에나멜 구두와 뭉툭한 구두는 마차에서 내려 뜰 앞을 다정하게 거닐었습니다. 그리고 빈집에 들어가 방 안을 살피며 서성인 쪽은 뭉툭한 구두입니다. 그들이 움직인 자국은 모두 먼지 위에 남아 있었지요. 그런데 뭉툭한 구두는 시간이 지날수록 흥분했습니다. 걸음걸이가 커졌거든요. 결국 사건은 일어났습니다. 여기까지가 제가 추측한 것입니다. 나머지는 지금부터 다시 시작해야 합니다. 일을 어서 끝내고 오후에는 연주회에 가서 노만 네루다의 연주를 듣고 싶은 생각이 간절하군요.”

홈즈와 이야기를 나누는 사이 마차는 낯설고 어두컴컴한 거리를 달렸습니다. 그리고 어느덧 조용한 골목에 멈춰 섰습니다.

“저쪽이 오들리 코트입니다. 여기서 기다릴까요?”

마부가 좁은 골목을 가리키며 물었습니다.

“그렇게 하지.”

홈즈가 말했습니다.

우리는 어두운 거리를 거침없이 걸었습니다. 골목 안에는 낡은 집들로 둘러싸인 빈터가 보였습니다. 우리는 빈터에서 또래와 모여 노는 아이들과 지저분한 빨랫줄을 지나 랜스라는 문패가 쓰인 46번지에 도착했습니다. 마침 랜스 순경이 자고 있어서 우리는 오랫동안 기다려야 했습니다. 랜스는 귀찮다는 표정으로 나왔습니다.

“보고서는 이미 제출했습니다. 그런데…….”

홈즈는 반 파운드짜리 금화를 꺼냈습니다. 그러고는 금화를 손바닥 위에 놓고 슬슬 굴리며 입을 열었습니다.

“직접 만나 이야기를 듣고 싶었습니다.”

“정 그러시다면…….”

랜스 순경은 손바닥 위에 놓인 금화를 뚫어져라 보며 말했습니다.

“당신이 본 것을 빼놓지 않고 모두 차례대로 말해 주세요.”

소파에 앉은 랜스는 기억을 떠올리려는 듯 미간을 찌푸리며 말했습니다.

"그럼 처음부터 말하지요. 그날 제 근무 시간은 밤 열 시부터 다음날 아침 여섯 시까지였어요. 열한 시경에 화이트 하트에서 요란스러운 일이 있었지만 그것을 빼고는 조용했습니다. 새벽 한 시부터는 비가 내리기 시작했고, 저는 홀랜드 그로브를 순찰하던 해리 머쳐를 만나 헨리에타 가에서 함께 이야기를 했습니다. 새벽 두 시가 막 지났을 때, 저는 브릭스턴 가로 발길을 돌렸습니다. 거리는 무척 한산했고 사람도 보이지 않았습니다. 마차 한두 대가 지나갈 뿐이었지요. 술 생각이 나더군요. 그렇게 걷고 있는데 그 집 창문에서 불빛이 흘러나왔습니다. 로리스턴 가든의 그 두 집은 전 세입자가 장티푸스로 죽었는데 아직 하수도 청소도 되지 않은 빈집이었지요. 그래서 무엇인가 이상하다는 느낌을 받았습니다. 그리고 제가 현관으로 막 들어가려는데……."

"당신은 앞뜰 문으로 돌아서 갔지요? 왜 그랬나요?"

홈즈가 갑자기 랜스의 말을 막으며 물었습니다. 랜스는 깜짝 놀란 얼굴로 홈즈를 바라보았습니다.

"맞습니다. 그런데 그것을 어떻게 아셨지요? 현관에 가니 주위가 너무 조용했고 캄캄했습니다. 그럴 일은 없겠지만, 장티푸스로 죽은 한 맺힌 귀신이 하수도에 나타난 것은 아닌가 하는 생각이 들었어요. 너무도 무서워서 혹시라도 머쳐 순경이 든 랜턴 불이 비치치 않을까 해서 앞뜰로 돌아 들어갔습니다. 하지만 다른 사람은 보이지 않았습니다.”

“길에 아무도 없었다?”

“네. 저는 굳게 마음을 먹고 현관으로 들어가서 문을 열었습니다. 집 안은 죽은 듯이 조용했습니다. 방으로 들어가자 벽난로 위에는 붉은 양초가 타고 있었지요. 그리고 불빛에 비친 그것은…….”

“당신은 시신을 발견했습니다. 그리고 방 안을 서너 바퀴 둘러보다가 시체 옆에 무릎을 꿇고 앉았습니다. 그리고 부엌문을 열려는 순간…….”

랜스는 하얗게 질린 얼굴로 소리를 쳤습니다.

“당신이 그 사실을 어떻게 알았지? 수상해! 당신은 너무 많은 것을 알고 있어!”

홈즈는 웃으면서 명함을 꺼냈습니다.

“나는 살인범이 아닙니다. 사냥감이 아닌 사냥꾼이란 말입니다. 그렉슨과 레스트레이드 형사가 제가 무엇을 하는 사람인 줄 알지요. 자, 그러니 계속 이야기하세요. 그리고 어떻게 되었지요?”

랜스는 여전히 의심에 찬 얼굴로 말을 이어 갔습니다.

"나는 문 앞에서 호루라기를 불었습니다. 그러자 머쳐와 몇 사람이 달려왔지요."

"길에는 아무도 없었습니까?"

"술에 취한 남자를 보았지만 사건과 관련된 사람은 없었습니다. 그나저나 그렇게 술에 취한 사람은 정말 오랜만에 봤습니다. 밖으로 나갔을 때 그는 울타리에 기대서는 콜럼바인의 〈새로운 깃발〉이라는 노래를 목이 터져라 부르고 있더군요. 어찌나 취했던지 몸도 가누지 못했습니다."

"어떻게 생겼는지 말해 보세요."

홈즈가 말했습니다. 랜스는 귀찮다는 표정으로 대답했습니다.

"너무 많이 취해서 빈집 사건만 없었다면 당장 유치

장에 집어넣었을 것입니다. 키는 크고 얼굴이 붉었습니다. 목도리로 칭칭 감고 있었지요.”

“네, 좋습니다. 그는 다음에 어찌 되었지요?”

“모르겠습니다. 그때 우리도 정신이 없어서요. 아마 집을 찾아 돌아갔겠지요.”

“무슨 옷을 입고 있었나요?”

“갈색 외투를 입었습니다.”

“채찍 같은 것은 보지 못했나요?”

“채찍이요? 보지 못했습니다.”

“어딘가에 떨어뜨렸을 거야.”

홈즈는 조용히 중얼거렸습니다.

“그 후에 마차가 지나가는 것을 보았거나 마차 소리를 듣지 않았나요?”

“아니요.”

“알겠습니다. 이 금화를 드리지요. 그런데 랜스 씨, 당신은 진급하고 싶은 생각이 없습니까? 어젯밤 일을 잘 처리했다면 당신은 한 단계 진급을 했을 것입니다. 어젯밤에 당신이 놓친 그 술 취한 남자가, 바로 지금 우리가 찾는 사람입니다. 이제 이야기는 여기서 그만 끝냅시다. 그럼 우린 가지요.”

우리는 다시 마차를 타고 하숙집으로 출발했습니다.

"바보 같으니라고!"

홈즈는 마차 안에서 중얼거렸습니다.

"바로 코앞에서 범인을 놓치다니 한심하군요!"

"홈즈 씨, 아직도 나는 이해가 되지 않습니다. 랜스가 말한 그 남자의 생김새는 당신이 말한 남자와 일치합니다. 하지만 그는 왜 다시 돌아왔을까요?"

"반지 때문입니다. 그것 때문에 다시 돌아온 거예요. 이제 우리는 그 반지를 이용해서 그를 잡아야 합니다. 반드시 그 사람을 잡을 것입니다. 2 대 1로 내기를 걸어도 자신 있습니다. 모두 선생 덕분입니다. 선생이 없었다면 이 사건 현장에 오지도, 훌륭한 연구를 하지도 못했겠지요. 주홍색 연구라고 할까요? 주홍색은 죄악을 상징하지요. 예술적인 표현인데 어떻게 생각하시나요? 인생이 색깔 없는 무색의 실타래라고 한다면 거기에는 살인이라는 붉은 실이 섞여 있습니다. 우리는 이제 그 실타래를 풀어내면서 붉은 실을 찾아내야 합니다. 우선은 점심을 먹고 노만 네루다의 연주를 들으러 가야겠습니다. 그녀가 연주하는 환상적인 쇼팽 연주, 제목이 뭐였더라? 트라 라 라 리라 리라 레이!"

광고를 보고 온 손님

오전에 바쁘게 다녀서인지 오후가 되자 녹초가 되고 말았습니다. 홈즈가 연주회를 간 사이, 휴식을 취하려 했으나 흥분한 탓에 쉬는 것도 쉽지 않았습니다. 눈을 감아도 죽은 이의 원숭이 같은 얼굴이 떠올랐습니다. 얼마나 끔찍한지 그가 죽었다는 사실에 안도감을 느낄 정도였지요.

독살로 인해 죽었다는 홈즈의 추측은 놀라웠습니다. 홈즈는 사체의 입 냄새를 맡았고 그때 독살을 확신했으리라는 생각이 들었습니다. 사체에서 상처가 발견되지 않았으니 독살을 떠올리는 것은 당연할지 모릅니다. 그렇다면 바닥에 흥건하게 고인 피는 어떻게 설명해야 할까요? 싸운 흔적이나 무기도 발견하지 못했는데 말이지요. 생각이 많은 탓에 나나 홈즈는 오늘 밤 편하게 자는 것은 무리였습니다. 그러나 평소처럼 여유롭게 행동하는 홈즈를 보면서 그는 무엇인가를 알고 있으리라는 생각이 들었습니다. 하지만 나는 아무것도 알지 못했습니다.

홈즈는 깊은 밤이 되어서야 돌아왔습니다. 저녁 식사는 이미 차갑게 식어 있었지요.

"굉장했어요, 아주 멋진 공연이었습니다!"

홈즈가 식탁 의자에 앉으며 말했습니다.

"다윈은 음악을 두고 이런 말을 했다지요. '사람은 언어를 배우기 이전에 음악을 즐길 수 있는 능력을 갖추고 있다.'라고요. 이 말은 인간은 음악의 영향력에서 벗어날 수 없다는 말이겠지요. 그건 원시 시대 때부터 쭉 내려온 것이니까요."

"엄청난 이야기군요."

"인간과 함께 자연을 이해하려면 넓게 생각해야 합니다. 그런데 얼굴색이 왜 그러십니까? 좀 불편해 보이시는군요. 브릭스턴 사건 때문에 그런가요?"

"총알이 빗발치는 아프가니스탄에서 왔는데도 아직 적응이 되질 않는군요. 동료가 마이완드에서 끔찍하게 죽는 것을 봤을 때도 괜찮았는데 말입니다."

"그럼요, 이해할 수 있습니다. 이 사건은 다른 사건과는 다른 구석이 있지요. 그래서인지 끔찍한 상상을 하게 만든다니까요. 혹시 석간신문을 보셨습니까?"

"아직요."

"이 사건에 대한 기사가 났습니다. 하지만 여자의 결혼반지에 대한 이야기는 없더군요. 아무튼 다행입니다."

"왜 그렇지요?"

"이 광고를 좀 보시겠습니까? 사건 이후에 나는 이 광고를 신문에 냈습니다."

홈즈는 내게 신문을 보여 주었습니다. 광고는 '습득물'란 제일 위에 실려 있었습니다.

장식이 없는 결혼 금반지를 주웠음. 브릭스턴 가 화이트 하트 술집과 홀랜드 그로브 사이에서 발견함. 왓슨 박사에게 연락 바람. 오늘 저녁 여덟 시에서 아홉 시 사이 베이커 가 221B번지로 오면 만날 수 있음.

"죄송합니다. 선생의 이름을 허락 없이 썼습니다."

홈즈는 계속해서 말을 이었습니다.

"내 이름을 써도 되지만 멍청한 경찰들이 일을 엉망으로 만들 것 같아서요.”

“괜찮습니다. 하지만 정말로 누가 찾아오면 어쩌려고요. 나는 결혼반지를 가지고 있지 않습니다.”

“여기 있습니다.”

홈즈는 반지 한 개를 꺼냈습니다.

“이 모조품이면 충분합니다.”

“홈즈 씨 생각에는 누가 찾아올 것 같습니까?”

“갈색 옷을 입은 남자요. 얼굴은 붉고 뭉툭한 코의 구두를 신은……, 만일 그가 직접 오지 않는다면 다른 공범을 보낼 것이 분명합니다.”

“위험하지 않을까요?”

“괜찮습니다. 그래야만 이 사건을 풀어낸 내 추리가 정확하다는 것을 증명할 수 있습니다. 그는 반지를 찾기 위해 어떤 일이든 할 것입니다. 그는 시체 옆에 반지를 떨어뜨렸다는 것을 몰랐겠지요. 사건 현장을 떠난 뒤에야 반지가 없다는 것을 알아챘지만, 촛불을 켜 두고 온 바람에 이미 경찰에게 현장을 넘겨주고 말았지요. 그래서 그는 술에 취한 척 연기를 했던 것입니다. 그는 혹시 길바닥에서 반지를 잃어버렸을지도 모르기에 신문의 습득물란을 뒤지고 있을 것입니다. 그렇다면 이 기사를 보고 달려올 거예요. 반지와 살인 사건은 아무런 연관이 없어 보이니까요. 그는 한 시간 안에 이곳으로 올 테지요."

"그가 오면 나는 무엇을 해야 할까요?"

"내가 상대하지요. 그런데 혹시 무기를 가지고 있습니까?"

"군에서 쓰던 권총과 실탄이 있습니다."

"그는 물불을 가리지 않을 것입니다. 권총과 실탄을 준비하세요. 어쩌면 그가 우리를 덮칠지도 모르니까요."

나는 침실로 들어가 권총을 가지고 왔습니다. 홈즈는 거실에서 식탁을 치우고 바이올린을 켜고 있었습니다.

"점점 더 재밌어지는군요."

홈즈가 말했습니다.

"답장이 왔습니다. 미국으로 보낸 전보를 보고 답장을 보냈더군요. 내 생각이 틀리지 않았습니다!"

"무엇이요?"

"바이올린 줄을 바꿔야 할 때가 됐군요. 권총은 주머니에 보관하세요. 그자가 나타나면 평소처럼 행동하시고요. 나머지는 제가 알아서 하겠습니다."

"이제 여덟 시가 되었군요."

나는 시계를 보며 말했습니다.

"그는 곧 도착할 것입니다. 문을 조금 열어 놓으세요. 여기 이 책은 어제 노점에서 샀는데 좀 특이합니다. 《민족 간의 법》이라는 책인데, 라틴어로 되어 있고 1642년 로랜즈 리에주에서 발간되었습니다. 아직 찰스 1세의 목이 떨어지기 전이지요."

"발행인은 누구지요?"

"필립 드 크로이. 표지 안쪽에 '윌리엄 화이트의 장서'라고 잉크로 적은 글이 있습니다. 그럼 윌리엄 화이트는 누굴까요? 글자체를 보니 권세를 부리던 17세기 변호사처럼 보이는군요."

그때 벨이 울렸습니다. 하녀가 현관으로 다가가는 소리가 들리더니 곧이어 문을 여는 소리가 들렸습니다.

"왓슨 박사님 계십니까?"

복도에서 낯선 목소리가 들렸습니다. 그리고 얼마 뒤, 하녀의 목소리 대신 발소리가 들렸습니다. 발을 저는 듯 발소리는 불분명했습니다. 홈즈의 얼굴에 당황한 기색이 스쳤습니다. 그리고 노크 소리가 들렸지요.

"들어오시지요."

내가 말했습니다.

우리의 예상은 빗나갔습니다. 문 앞에 선 사람은 다리를 절름거리는 노파였습니다. 노파는 고개를 숙여 인사한 뒤, 가져온 석간신문을 보여 주었습니다.

"이것을 보고 찾아왔어요."

노파가 말했습니다.

"브릭스턴 가에서 주운 그 반지는 내 딸 샐리의 것이랍니다. 어느덧 결혼한 지 일 년이 지났지요. 남편은 유니언 기선 주방 보조로 일하고 있다우. 결혼반지를 잃어버린 걸 알면 소동이 일어날 거예요. 멀쩡할 때도 화를 내는데 술이라도 먹으면 큰일이 나지. 정말 상상하기도 싫다우. 아마 딸애가 서커스를 구경 갔다가 잃어버린 모양이에요."

"이 반지가 맞습니까?"

나는 물었습니다.

"오, 하나님 감사합니다!"

노파는 소리를 질렀습니다.

"다행이군, 정말 다행이야. 딸애가 이제는 걱정하지 않겠어!"

"그런데 할머니는 어디 사시나요?"

나는 연필을 잡으며 물었습니다.

"하운즈디치 던컨 가 13번지라오."

"거기서 서커스를 보기 위해 브릭스턴 가를 지나쳤다고요?"

홈즈가 날카롭게 외쳤습니다. 그러자 노파가 눈을 동그랗게 뜨고는 또박또박 말했습니다.

"저 양반은 내가 사는 곳을 물었잖우. 내 딸 샐리는 페컴 메이필드 플레이스 3번지에 세 들어 살고 있어요."

"할머니 성함이 어찌 되시죠?"

"성은 소여. 샐리 성은 데니스. 샐리는 톰 데니스와 결혼했다우. 톰은 배를 탈 때는 건실한 사내지. 하지만 집에만 돌아오면 여자와 술에 미쳐 산다우!"

"여기 반지를 받으세요, 소여 부인."

나는 홈즈의 눈짓을 보고 반지를 건넸습니다.

"반지가 주인을 찾아 얼마나 다행인지 모릅니다."

노파는 연거푸 고맙다는 인사를 한 뒤 계단을 내려갔습니다. 홈즈는 노파가 나가자마자 외투를 입었습니다.

"노파를 따라가야겠어요. 그녀는 이 일에 연관되어 있어요. 선생은 이곳에서 기다리세요."

홈즈는 서둘러 계단을 내려갔습니다. 창문을 내려다보니 노파는 길을 건너고 있었습니다. 그리고 그 뒤를 홈즈가 쫓았습니다.

홈즈의 추측이 틀리지 않았다면 이 끔찍한 사건의 실마리를 풀 수 있을 거라고 생각하며 나는 그가 돌아오기만을 기다렸습니다. 나는 파이프 담배를 물고 앙리 뮈르제르의 《방랑 생활》을 훑어보았습니다. 열 시가 지나자 하녀들이 방으로 들어가는 발소리가 들렸습니다. 그리고 열한 시에는 침실로 들어가는 집주인의 발소리가 들렸지요. 열두 시가 다 되었을 때 드디어 홈즈의 발소리가 들렸습니다. 그가 방 안에 들어왔을 때 나는 무엇인가 잘못되었다는 것을 느꼈습니다. 그의 얼굴에는 분노와 함께 실망이 섞여 있었습니다. 그는 허탈한 듯 웃음을 터뜨렸습니다.

"무슨 일이 있어도 경찰에게는 이 일을 알리지 않을 작정입니다. 내가 그 사람들을 너무 약 올렸기 때문에 이 이야기를 듣는다면 날 비웃을 테니까요. 어차피 나중에는 내 추리가 옳다는 것이 확인되겠지만요."

"홈즈 씨, 대체 어떻게 되었습니까?"

"실패입니다. 그 노파는 절름발이 흉내를 내면서 사륜마차를 타더군요. 그러고는 마부에게 큰 목소리로 말했어요. 하운즈디치 13번지로 가자고요. 나는 마차 문이 닫히고 나서 마차 뒤에 매달렸어요. 그리고 13번지에 거의 도착했을 무렵 뛰어내렸지요. 그런데 마차에서는 아무도 내리지 않더군요. 마부는 빈 마차 안을 보면서 욕을 퍼부어 댔고요. 노파는 감쪽같이 사라졌더군요. 13번지에 가서 그녀에 관해 물으니 그 집은 케스윅이라는 도배장이의 집이라더군요. 소여나 데니스라는 이름은 처음 들었다는 말도 하면서요.”

“이럴 수가. 그럼 그 절름발이 노파가 마차에서 아무도 눈치채지 못하게 도망을 쳤단 소립니까?”

“절름발이 노파요? 우리가 당했습니다. 그자는 변장을 한 거예요. 나에게 쫓기는 것을 깨닫고는 도망쳤지요. 그는 우리 생각처럼 혼자가 아닙니다. 옆에서 도와주는 사람들이 있어요. 오늘은 여기서 마치지요. 당신도 무척 피곤해 보이는군요.”

나는 너무 피곤해서 난롯가 앞에 선 채 흥분한 홈즈를 두고 침실로 들어왔습니다. 낮게 울려 퍼지는 그의 바이올린 소리는 우울했습니다. 이 사건을 되씹고 있는 것이 분명했지요.

그렉슨 형사의 추리

다음 날 모든 신문에는 브릭스턴 사건에 대한 기사가 실렸습니다. 어느 한 신문에는 그 사건에 대한 사설까지 실렸습니다. 그중에는 내가 미처 몰랐던 일들도 있었지요. 나는 아직도 그 기록들을 보관하고 있는데 그중 몇 가지를 여기에 소개해 볼까 합니다.

〈데일리 텔레그래프〉는 이 사건을 영국에서 일어난 범죄 중 외국인이 희생된 가장 비극적인 사건으로 뽑았다. 피살자의 이름은 독일계이며 명확한 살인 동기가 없는 것으로 보아 정치적 명망가와 혁명가들의 짓으로 보았다.

〈스탠다드〉는 피살자는 런던에 몇 주 동안 머문 미국 신사로 차펜티어 부인의 하숙집에 머물렀으며 조셉 스탠거슨이라는 개인 비서와 여행 중이었다고 전했다. 두 사람은 이달 4일 리버풀행 급행열차를 타려고 유스턴 역으로 떠났다고 했으나 나중에 역 플랫폼에서 발견되었다. 드러버의 사체가 유스턴 역에서 몇 킬로미터 떨어진 브릭스턴 가에서 발견되기까지 그들의 행적에 대해 알려진 것은 없으며 비서인 스탠거슨의 행방도 묘연하다고 했다.

다행히 런던 경시청의 유능한 레스트레이드 형사와 그렉슨 형사가 이 사건을 맡아 신속히 사건을 해결할 것이라고 한다.

홈즈와 나는 함께 아침 식사를 하며 이 기사를 읽었습니다. 홈즈는 무척 재미있어 하는 표정이었습니다.

"이 모든 칭찬과 공은 레스트레이드와 그렉슨에게 돌아가겠지요. 내가 전에 말했잖습니까?"

"아직 결과는 나오지 않았어요."

"아닙니다. 그것과는 상관이 없어요. 사건이 해결되면 그들의 노력 덕분이고 사건이 풀리지 않으면 노력을 했음에도 불구하고 해결되지 않았다고 말하겠지요. 어쨌건 모든 공은 그들에게 돌아갈 거예요. 그들을 따르는 사람들이 있으니까요. 바보에 열광하는 멍청이들은 헤아릴 수 없이 많다는 프랑스 속담을 생각해 보십시오."

"잠깐만요, 이게 무슨 소리죠?"

현관에서 시끌벅적한 발소리와 여주인의 고함이 들렸습니다.

"베이커 가의 소년 탐정단이 왔군요!"

홈즈의 말이 끝나자마자 누더기를 입은 여섯 명의 소년이 방으로 들어왔습니다.

"앞으로는 대표로 위긴스만 들어오고 나머지 사람들은 밖에서 대기할 것! 위긴스, 그건 찾았나?"

홈즈가 물었습니다.

"아직요."

소년이 대답했습니다.

"쉽진 않겠지. 수고비를 줄 테니 더 찾아보너라."

홈즈는 소년들에게 1실랑씩을 나누어 주었습니다.

"자, 그럼 다음번에는 좋은 결과가 있기를."

홈즈가 손을 들자 소년들은 우르르 계단을 내려갔습니다. 얼마 뒤 창 너머로 그들의 시끄러운 목소리가 들렸습니다.

"저 거지 소년들이 경찰보다 훨씬 일을 잘합니다. 사람들이 경찰은 피하지만 아이들은 무엇이든 보고 들을 수 있지요. 게다가 저들은 아주 똑똑합니다. 체계적으로 뭉친다면 훌륭한 모임이 될 것입니다."

"브릭스턴 사건을 위해서 아이들을 부른 건가요?"

"그래요. 시간이 걸리더라도 확인하고 싶은 것이 있거든요. 잠깐만요, 곧 재밌는 소식을 듣게 되겠군요. 그렉슨이 오고 있는 것 같아요."

벨소리가 울리자 곧이어 그렉슨이 거실로 뛰어 들어왔습니다.

"홈즈 씨, 축하해 주세요. 사건이 해결되었습니다."

그는 갑자기 홈즈의 두 손을 힘주어 잡았습니다.

홈즈는 신중한 표정으로 그렉슨을 바라보았습니다.

"단서를 찾았습니까?"

"단서라니요. 우리가 범인을 잡았다니까요."

"범인이 누구지요?"

"아서 차펜티어라는 해군 중사입니다."

그렉슨은 두 손을 마주 잡으며 만족스럽게 웃었습니다.

"같이 시가나 피울까요? 아니면 위스키는 어떻소?"

홈즈가 물었습니다.

"이틀 동안 정말 고생이 많았습니다. 정신적으로도 많이 시달렸고요. 셜록 홈즈 씨도 저처럼 머리를 쓰시니 제 마음을 잘 아시겠지요. 하하, 그런데 레스트레이드는 말도 안 되는 엉뚱한 일을 벌였답니다. 그는 아직도 스탠거슨을 쫓고 있지 뭡니까. 아마 지금쯤은 잡았겠지요."

그렉슨은 한참 동안 레스트레이드를 비웃었습니다. 그러고는 목이 불편한지 기침을 했습니다.

"어떻게 단서를 찾았습니까?"

"이 일은 우리만의 비밀로 하지요. 먼저 살해된 미국인의 신원을 알아냈습니다. 다른 사람들은 광고를 내거나 정보가 흘러 들어오길 기다리지만 저는 그러지 않았지요. 시체 옆에 있던 모자를 기억하시나요?"

"네, 기억합니다. 캠버웰로 129번지 존 언더우드가 운영하는 상점의 제품이었지요."

홈즈가 말했습니다.

"홈즈 씨도 모자를 자세히 보셨군요. 그래서 그 가게에 가 보셨나요?"

"아니요."

홈즈가 대답했습니다.

"바로 그것입니다! 아무리 시시하게 보여도 놓쳐서는 안 되지요."

"위대함 이전에 시시함이란 없지요."

홈즈는 격언을 읊듯 중얼거렸습니다.

"언더우드 상점에 가서 모자의 모양과 사이즈를 말했더니 주인이 말하더군요. 토퀘이 테라스의 차펜티어 하숙집에 사는 드레버 씨에게 팔았다고요. 그래서 주소를 얻을 수 있었습니다."

"훌륭하군요!"

홈즈가 말했습니다.

"그러고는 차펜티어 부인을 찾아갔습니다. 그녀는 슬픔에 빠져 있더군요. 그녀의 딸도 눈이 새빨개져 있었지요. 나는 그곳에서 무엇인가 이상하다는 느낌을 받았습니다. 홈즈 씨도 아시죠? 사건의 실마리를 찾았을 때 찾아오는 그 예리한 기운을요! 그래요, 온몸에 전율이 퍼지지요. 저는 차펜티어 부인에게 물었습니다. '클리블랜드의 이녹 J. 드레버의 죽음에 대해 아는 것이 있습니까?'라고요.

부인은 고개를 끄덕였습니다. 그리고 딸은 울음을 터뜨렸지요. 나는 서두르지 않고 물었습니다. '드레버 씨는 몇 시에 집을 나갔지요?' 하니 부인은 여덟 시라고 짧게 대답하면서 이렇게 말하더군요. '비서 스탠거슨 씨가 기차를 탈 수 있는 두 시간대를 말했어요. 아홉 시 십오 분과 열한 시에 떠나는 기차요. 그는 앞 시간에 출발하는 기차를 탄다고 했어요.'

저는 다시 물었습니다. '그때 드레버 씨를 마지막으로 보았습니까?' 그러자 차펜티어 부인 얼굴이 하얗게 변하더군요. 부인은 한참이 지난 후에야 작은 목소리로 '네.'라고 대답했습니다. 잠시 후 마음을 가라앉힌 딸이 말하더군요. '어머니, 숨길 필요가 없어요. 솔직하게 이야기하세요. 형사님, 우리는 드레버 씨를 그 뒤에도 보았습니다.'

그 말에 부인이 놀라 소리치며 앨리스라는 딸에게 말했습니다. '네 말 때문에 오빠가 곤경에 빠졌어.' 그러자 딸은 '아서 오빠는 거짓말하는 것을 원하지 않을 거예요.'라고 분명히 말하더군요. 그래서 저는 '모두 말씀하시는 것이 좋습니다. 절반만 말하는 건 전부를 숨기는 것보다 나쁘지요. 또 우리가 얼마나 알고 있는지도 모르시지 않습니까?'라고 말했지요.

부인은 다시 '모두 네 잘못이야, 앨리스!'라고 소리쳤습니다. 그리고 조용히 말하기 시작했습니다. '형사님, 제 아들은 이 끔찍한 사건과 아무런 관계가 없습니다. 제 아들은 훌륭한 성품을 갖췄지요. 직업이나 경력을 봐도 아실 것입니다.' 저는 부인을 설득했습니다. 부인은 딸을 밖으로 보낸 뒤 다시 말을 시작했습니다.

"모두 이야기하기로 했으니 말하겠습니다. 드레버 씨는 우리 집에 삼 주 정도 머물렀습니다. 드레버 씨와 비서 스탠거슨 씨는 유럽을 여행했지요. 가방에 코펜하겐 라벨이 붙어 있는 것을 보았습니다. 그들은 코펜하겐에서 온 모양이었어요. 스탠거슨 씨는 점잖은 신사였습니다만 드레버 씨는 괴팍한 것도 모자라 난폭했지요. 대낮에도 술에 취해 있는가 하면 하녀들을 괴롭히기도 했고요. 한번은 제 딸 앨리스를 강제로 껴안기도 했으니까요. 그것을 본 비서가 나서서 말리기도 했지요.' 그 말을 듣고 무척 놀랐습니다."

그렉슨은 한숨을 푹 쉬더니 다시 말을 이었습니다.

"제가 물었습니다. '왜 아무 말도 하지 않으셨지요? 그런 사람들은 얼마든지 내보낼 수 있잖습니까.' 그러자 차펜티어 부인이 말했습니다. '그럴 수 없었답니다. 그 사람들은 하루에 한 사람당 1파운드씩을 냈어요. 경기가 좋지 않고 아들이 해군에 있어서 돈이 많이 들어가지요. 하지만 딸에게 한 행동은 용서할 수 없었습니다. 그래서 결국은 나가 달라고 말했지요. 그리고 그들은 집을 나갔습니다.'

저는 다시 물었습니다. '그 뒤 어떻게 됐나요?' 부인은 대답했습니다. '그들이 집을 나가자 편안해졌어요. 아들이 휴가를 나왔지만 딸에게 있었던 일을 말하지는 않았지요. 아들 성격이 불같고 동생을 무척 아껴서요. 그런데 한 시간도 지나지 않아서 드레버 씨가 돌아왔습니다. 그러고는 딸 방으로 들어가서는 기차를 놓쳤다며 소리를 지르더군요. 게다가 딸에게 함께 도망을 가자는 말을 했어요. 저런 늙은 할망구와 살지 말고 자기와 살자면서요. 딸을 여왕처럼 살게 해 준다는 말을 했어요. 앨리스는 무서워 몸을 움츠렸지만 드레버 씨는 딸아이의 손목을 잡아당겼어요. 그때 아들 아서가 달려왔지요.

그리고 어떤 일이 벌어졌는지는 잘 모르겠어요. 욕하며 싸우는 소리가 들렸고 내가 고개를 들었을 때 아서는 몽둥이를 든 채 문가에 서서 웃고 있었지요. '그놈이 다시는 행패를 부리지 못할 거예요. 제가 따라가 볼게요.' 아들은 그렇게 말한 뒤 모자를 쓰고 밖으로 나갔어요. 다음 날에는 드레버 씨가 죽었다는 말을 들었고요.' 그녀는 불안해 보였지만 힘들게 이야기했습니다."

"대단히 흥미롭군요."

홈즈가 하품을 하며 말했습니다.

"그리고 어떻게 되었습니까?"

"저는 한 가지만 파고들면 된다고 생각했습니다. 그래서 아들이 몇 시에 돌아왔느냐고 물었지요. 부인은 모른다고 대답했습니다. 저는 깜짝 놀라서 사실이냐고 물었지요. 부인은 말했습니다. '아들은 현관 열쇠를 가지고 있습니다. 제가 잠이 들고 난 뒤 돌아왔을 거예요.' 그래서 다시 물었습니다.

'그럼 부인은 몇 시에 잠드셨나요?' 그랬더니 '열한 시쯤이요.' 하고 대답했습니다. 아들은 적어도 두 시간은 밖에 있었던 것입니다. 아니 어쩌면 네 시간에서 다섯 시간을 보냈을 수도 있습니다. 저는 경찰관 두 명을 데리고 가서 차펜티어 중사를 체포했습니다. 그가 말하더군요. '내가 그 더러운 드레버를 죽였다고 생각하십니까?' 우리들 중 아무도 드레버에 대한 이야기를 하지 않았는데 말입니다. 그래서 더욱 의심스러웠지요."

"그랬군요."

홈즈가 말했습니다.

"그는 드레버를 쫓아갈 때 가지고 있던 몽둥이를 여전히 가지고 있었습니다."

"그렇다면 그렉슨 씨가 추리한 내용을 말해 보십시오."

"제 추리는 이렇습니다. 그는 드레버를 쫓아 브릭스턴 가로 갔습니다. 그리고 말다툼을 하다 드레버를 몽둥이로 쳤습니다. 명치끝을 내리찍었지요. 당연히 상처는 남지 않았고요. 비가 억수같이 쏟아지는 새벽이라 목격자도 없었습니다. 그는 빈집에 시체를 놓고는 촛불을 켜고 핏자국으로 글씨를 썼습니다. 물론 경찰을 속이기 위한 눈속임이었지요."

"훌륭합니다!"

홈즈가 말했습니다.

"그렉슨 씨, 실력이 많이 늘었군요. 앞으로 뭔가 해내겠는데요!"

"제 자랑 같아서 쑥스럽지만, 제 나름대로 잘 풀어냈다고 생각합니다."

그렉슨은 자랑스러운 듯 뒷목을 만지며 말을 이었습니다.

“차펜티어 중사는 이렇게 말했습니다. 드레버는 미행당하는 것을 알고 마차를 타고서 도망쳤답니다. 그리고 자신은 마침 아는 선원을 만나 산책을 했다는군요. 그 선원이 어디 사냐고 묻자 대답하지 않았습니다. 이만하면 사건이 잘 해결되지 않았습니까? 황당한 것은 레스트레이드의 어이없는 추리입니다.”

그때 마침 레스트레이드가 우리가 있는 거실로 들어왔습니다. 그는 힘이 없어 보였고 그렉슨과 눈이 마주치자 더 괴로운 듯 보였습니다. 무엇인가 홈즈에게 도움을 청하러 온 것 같았지요. 그는 한참을 망설이더니 결국은 입을 열었습니다.

“이 사건은 도무지 감을 잡기가 어렵습니다.”

“하하, 정말 그렇게 생각하나, 레스트레이드?”

그렉슨이 비웃으며 말했습니다.

“나는 자네가 실마리를 풀었을 줄 알았네. 그래, 스탠거슨은 찾아냈나?”

“그는 오늘 아침 여섯 시경에 할리데이스 프라이빗 호텔에서 살해되었네.

결정적 단서가 된 두 번째 사건

레스트레이드가 한 말을 듣고 우리 세 사람은 할 말을 잃었습니다. 그렉슨은 의자에서 일어서다 위스키 잔을 엎었습니다. 나는 말없이 미간을 찌푸리고 있는 홈즈를 바라보았습니다.

"스탠거슨도 살해됐단 말이지."

홈즈가 중얼거렸습니다.

"사건이 더 복잡해지는군."

"처음부터 그랬습니다."

레스트레이드가 의자를 끌어당기며 말했습니다.

"꼭 전쟁터 속 회의장 같군요."

"레스트레이드, 지금 자네가 한 말이 모두 확실한가?"

그렉슨이 식은땀을 닦으며 말했습니다.

"방금 사건 현장에서 왔어. 내가 시체를 처음 발견했지."

"우리는 그렉슨 씨의 추리를 듣고 있었습니다."

홈즈가 말을 이었습니다.

"그럼 이번에는 레스트레이드 씨가 지금까지 조사한 내용을 이야기해 주세요."

"그러지요."

레스트레이드가 의자가 앉으며 말을 이었습니다.

"저는 스탠거슨의 행동을 파악하는 일이 중요하다고 생각했습니다. 하지만 제가 잘못 생각했는지도 모릅니다. 어쨌든 저는 드레버가 죽은 뒤 스탠거슨이 어떤 행동을 했는지 조사했지요. 두 사람은 3일 저녁 여덟 시 삼십 분경 유스턴 역에서 목격되었습니다. 그리고 드레버는 새벽 두 시에 브릭스턴 가에서 시체로 발견되었습니다. 스탠거슨은 그때 무엇을 했을까? 나는 리버풀에 전보를 친 후 아메리카 선박에 그가 탔는지 확인해 달라고 했습니다. 그리고 유스턴 근처에 있는 모든 호텔에 전화를 했지요. 스탠거슨이 다음 날 아침에 다시 역에 나타날 거라고 예상했거든요."

"또는 둘이 어떤 약속을 했을지도 모르지요."

홈즈는 자신의 추리를 덧붙였습니다.

"네, 그렇습니다. 하지만 아무런 정보를 얻지 못했습니다. 저는 오늘 아침부터 조사를 했고 여덟 시경에는 리틀 조지 가에 있는 할리데이스 프라이빗 호텔에 도착했습니다. 프론트에 물어보니 스탠거슨이 묵고 있다더군요. 그러고는 '손님께서 기다리시던 분이 드디어 오셨군요. 꼬박 이틀을 기다리셨지요. 지금은 주무시고 계실 것입니다.'라고 하면서 아침 아홉 시에 깨워 달라고 했다더군요. 저는 곧장 객실로 올라갔습니다. 갑자기 덮치면 그가 모든 사실을 고백할 거라고 생각했지요.

호텔 구두닦이가 그가 묶고 있는 2층 방까지 안내했습니다. 그가 복도 끝을 가리킨 뒤 다시 계단을 내려가려던 찰나 저는 이십 년 경찰 생활이 창피할 만큼 겁에 질려 소리를 질렀습니다. 방문 틈으로 새어 나온 피가 건너편 벽까지 흘러 있더군요. 구두닦이도 그 광경을 보고는 하얗게 질려 움직이질 못했지요. 우리는 잠겨 있는 문을 열었습니다. 창문은 활짝 열려 있었고, 그 앞에 잠옷을 입은 남자가 상체를 구부리고 있더군요.

이미 몸은 차갑게 식어 있었습니다. 시체를 위로 돌리자 구두닦이는 그가 스탠거슨이라는 것을 알아보더군요. 칼로 심장을 찌른 자국이 보였습니다. 그리고 어떤 흔적이 남아 있더군요."

나는 식은땀이 흘러 꼼짝도 할 수 없었습니다. 홈즈가 레스트레이드의 말을 받았습니다.

"피로 쓴 Rache라는 글자가 있었겠군요."

"네, 맞습니다."

공포에 질린 레스트레이드가 말했습니다. 우리는 한동안 아무 말도 하지 못했습니다. 살인자는 분명 기괴한 행동을 하고 있었고 또 무엇인가 계획을 세우고 있었습니다.

"누군가 범인을 본 것 같다고 했습니다."

레스트레이드가 말을 이었습니다.

"우유 배달 소년이 호텔 창문에 사다리가 걸쳐진 것을 보았답니다. 평소에는 바닥에 있던 사다리가요. 한 남자가 사다리에서 내려오기에 호텔 직원이나 목수라고 생각했는데 이른 아침에 일을 하는 것이 이상하다고 여겨졌답니다. 남자는 키가 컸고 얼굴이 붉고 긴 갈색 외투를 입고 있었다고 했지요. 그리고 방 안에는 손을 씻은 붉은 핏물이 담긴 세면대와 피 묻은 칼을 닦은 흔적이 남은 침대 시트가 있었습니다."

레스트레이드의 말은 홈즈가 추리한 범인의 인상과 일치했습니다. 그러나 홈즈는 기뻐하는 얼굴이 아니었습니다.

"다른 것은 발견하지 못했습니까?"

홈즈가 말했습니다.

“없었습니다. 스탠거슨의 가방에서 드레버의 지갑이 나왔습니다만 이상한 일이 아니지요. 그의 비서로 일했으니까요. 지갑에는 80파운드 가량의 돈이 그대로 있었습니다. 목적은 돈이 아니었습니다. 가방에 전보 한 장이 있었는데, 한 달 전 클리블랜드에서 보낸 것이더군요. ‘J. H.는 유럽에 있음.’이라고 적혀 있었습니다. 보낸 이는 적혀 있지 않았고요.”

“다른 것은 없었나요?”

홈즈가 다시 물었습니다.

“눈에 띄는 것은 없었습니다. 침대에는 읽다 만 소설책 한 권, 의자 옆에는 파이프가 있더군요. 테이블 위에 물 잔이 놓여 있고 창틀에 알약이 든 나무 상자가 있었습니다.”

홈즈는 기쁨에 찬 비명을 지르며 자리에서 일어났습니다.

“이제 됐어! 사건은 이미 해결됐어!”

두 명의 형사는 멍한 표정으로 홈즈를 바라보았습니다.

“드레버가 스탠거슨과 헤어진 뒤에 시체로 발견되기까지의 모든 일을 이제 설명할 수 있게 되었습니다. 내가 증명해 보이겠습니다. 그런데 알약은 어디에 있지요?”

“여기 있습니다.”

레스트레이드가 흰 상자를 꺼냈습니다.

"보관하려고 가져왔습니다. 알약이 중요한 줄은 몰랐는데 정말 다행이군요."

"이리 주세요."

홈즈는 알약을 받아 내게 건넸습니다.

"선생, 이 알약을 좀 봐 주세요."

그것은 평범한 알약과 달랐습니다. 진주 빛깔이 나는 작고 둥근 모양이었습니다. 햇빛에 비추니 투명하게 빛났습니다.

"물에 녹을 것 같군요."

내가 말했습니다.

"정확합니다!"

홈즈가 말했습니다.

"아래층에 있는 불쌍한 테리어를 데려와 주세요. 하숙집 여주인도 여러 번 말하지 않았나요? 오랫동안 병을 앓은 그 개를 이제 편한 곳으로 보내 주고 싶다고요."

나는 테리어를 두 팔로 안고 방으로 돌아왔습니다. 개는 축 늘어져서 가쁜 숨을 몰아쉬고 있었습니다. 주둥이가 하얗게 변한 것이 곧 죽을 것 같았지요.

"알약을 둘로 쪼개 보겠습니다. 반은 나중에 쓰고 나머지는 한 티스푼의 물이 담긴 이 와인 잔에 넣겠습니다."

"그런데 이게 조셉 스탠거슨의 죽음과 무슨 연관이 있을까요?"

레스트레이드가 언짢은 목소리로 말했습니다.

"레스트레이드 씨, 조금만 기다려 봐요. 여기에 우유를 조금 탄 뒤 개에게 먹이겠습니다."

홈즈가 알약이 녹은 접시를 개 앞에 놓자 개는 곧장 접시를 핥았습니다. 홈즈의 진지한 말을 믿으며 우리는 말없이 그 광경을 지켜보았습니다. 그러나 일이 분이 지나도 아무 반응이 나타나지 않았습니다. 홈즈는 무척 초조한 듯 바라보고 있었습니다. 시간이 지날수록 두 형사는 비웃듯 홈즈를 바라보았고, 홈즈는 입술을 깨문 채 머리를 헝클며 개를 지켜보았습니다.

"우연의 일치일 리가……, 그럴 리가 없어!"

홈즈는 중얼거리며 방 안을 서성이기 시작했습니다.

"드레버의 살해 현장에 있어야 할 알약이 스탠거슨이 죽은 뒤 발견됐어. 약이 아무런 해를 끼치지 않는다면 그 이유는 뭘까? 개는 아직도 멀쩡해! 그래, 그건 아마도……, 그래! 그래!"

홈즈는 약 상자에 남아 있던 다른 알약을 쪼갰습니다. 그리고 다시 우유에 타서 개에게 먹였습니다. 개는 우유를 먹자마자 온몸을 뒤틀다 죽었습니다.

"내가 너무 성급했군. 사실이 내 생각과 다를 때는 그걸 설명해

줄 다른 해석도 가지고 있어야 해. 알약 중에 하나는 독이 있지만 다른 것에는 독이 없었지. 상자를 보기 전부터 그것을 알고는 있었는데.”

홈즈의 이야기는 매우 놀라웠습니다. 하지만 죽은 테리어를 보니 홈즈의 추리는 정확했습니다. 내 머릿속에 가득했던 안개가 서서히 걷히는 느낌이었습니다.

“이 모든 것이 이상하겠지요? 여러분은 처음 조사를 할 때 많은 단서를 놓쳤습니다. 하지만 나는 그 모든 것을 정확히 찾아냈고 그것을 기초로 추리했습니다. 여러분을 당황하게 만든 것들이 실은 내게 정확한 결론을 내려 주었지요. 이상한 것과 신비스러운 것을 혼동하면 안 됩니다. 어떤 범죄는 아무런 단서가 없어 신비스러워 보입니다. 이 사건도 사체에 별다른 특징이 없었지요. 하지만 그런 점들이 사건을 풀이하는 데 도움을 주었습니다.”

묵묵히 홈즈의 말을 듣고 있던 그렉슨이 더는 참지 못하고 입을 열었습니다.

“그래요, 우리 모두 당신의 능력을 인정합니다. 하지만 당신의 추리보다는 사건의 진실을 알고 싶군요. 제 추리는 빗나갔습니다. 문제는 범인을 찾는 것이지요. 차펜티어 중사는 두 번째 살해 사건을 저지를 수 없었으니까요. 레스트레이드의 추리도 틀렸습니다. 홈즈 씨는 우리보다 많은 것을 알고 계십니다. 그러니 이제는 이야기해 주시지요. 범인을 알고 계십니까? 그럼 그는 누굽니까?”

“저도 그렉슨의 생각과 같습니다.”

레스트레이드가 말을 이었습니다.

“우리 두 사람 모두 범인을 잡기 위해 노력했지만 실패했습니다. 하지만 홈즈 씨는 확실한 단서를 찾았다고 여러 번 말했지요. 자, 이제 말씀해 보시지요.”

“범인 체포를 계속 미루다가는 더 많은 희생자가 나올 것입니다. 이제는 말해 보세요.”

나도 재촉했습니다. 하지만 홈즈는 망설이는 듯이 자리에서 일어나 방 안을 서성였습니다.

“살인 사건은 이제 일어나지 않습니다.”

홈즈가 말했습니다.

“범인의 이름을 아느냐고 물었지요? 당연히 알고 있습니다. 그를 체포하는 일보다 이름을 알아내는 것이 더 간단했으니까요. 범인은 곧 잡힙니다. 범인은 아주 영리하고 민첩합니다. 게다가 그를 도와주는 사람도 있지요. 경찰이 그를 더 괴롭히면 아마 이름을 바꿀 것입니다. 그리고 사백만 런던 시민 속으로 자취를 감추겠지요. 두 형사 분을 괴롭힐 생각은 없습니다. 다만 경찰은 범인의 상대가 될 수 없습니다. 그래서 두 분에게 도움을 청하지 않았습니다. 내가 만든 덧으로 범인을 잡지 못한다면 비난받아 마땅할 테지만요. 하지만 내가 성공한다면 모든 것을 이야기하겠습니다."

그렉슨과 레스트레이드는 답답한 것도 모자라 자존심이 상한 모습이었습니다. 그렉슨은 귀밑까지 빨개졌고, 레스트레이드는 많은 생각을 하는지 눈동자를 굴리고 있었습니다. 그때 거지 소년의 대장인 위긴스가 방문을 열고 들어왔습니다.

"선생님, 마차가 와 있습니다."

위긴스가 말했습니다.

"그래, 알았다."

홈즈가 대답했습니다.

"이 수갑 어떻습니까?"

홈즈가 서랍에서 철제 수갑을 꺼냈습니다.

"수갑을 채울 사람만 찾는다면 고물 수갑이라도 괜찮겠지요."

레스트레이드가 말했습니다.

"당연한 말씀입니다."

홈즈가 웃으며 말을 이었습니다.

"위긴스, 마부에게 내 짐을 좀 옮겨 달라고 해라."

나는 홈즈의 말에 깜짝 놀랐습니다. 그는 이 상황에 여행을 계획하고 있었던 것일까요? 홈즈는 구석에 있던 자그마한 여행 가방을 가져와 끈으로 묶었습니다. 그때 마부가 방으로 들어왔습니다.

"이보게, 마부. 이 끈 묶는 걸 좀 도와주겠나?"

홈즈는 끈을 묶는 데 신경을 쓰느라 마부는 쳐다보지도 않았습니다. 마부는 못마땅한 얼굴로 두 손을 가방 밑으로 내밀었습니다. 그때 찰칵 하는 소리와 함께 홈즈가 몸을 일으켰습니다.

"이녹 J. 드레버와 조셉 스탠거슨을 살해한 제퍼슨 호프입니다."

순식간에 일어난 일이라 믿을 수가 없었습니다. 지금도 그때의 일이 눈앞에 선합니다. 홈즈의 의미심장한 미소와 똑 부러지는 말투 그리고 연기처럼 나타나서 순식간에 수갑에 채인 마부의 험상궂은 얼굴이 말이지요.

우리 세 사람은 동상이라도 된 듯 한동안 꼼짝도 할 수 없었습니다. 마부는 소리를 지르며 홈즈를 밀쳤습니다. 그러고는 창문으로 돌진했습니다. 유리창은 박살이 났지만 레스트레이드와 그렉슨 그리고 홈즈가 그를 붙잡았습니다. 방 안은 순식간에 아수라장이 되었습니다. 마부는 힘이 어찌나 센지 우리 네 사람을 몇 번이나 뿌리쳤습니다. 이미 유리에 베어 얼굴과 두 손이 피투성이가 되었지만 그는 지치지 않았습니다. 레스트레이드가 그의 목덜미를 쥔 채 반쯤 기절시킨 뒤에야 겨우 그를 잡을 수 있었습니다. 나는 그의 손과 발

이 묶인 뒤에야 겨우 안심할 수 있었습니다.

“그의 마차가 현관 앞에 있습니다.”

홈즈가 말을 이었습니다.

“경시청까지 타고 가면 되겠군요. 그리고 이제 우리는 신비한 결말 앞에 섰습니다. 이제는 무엇이든 물어보시지요. 모든 대답을 하겠습니다.”

Rache

성인들의 땅

황무지에 찾아온 생명의 빛

북미 대륙 중앙에 펼쳐진 사막은 수세기 동안 문명의 진출을 막는 장벽이었습니다. 시에라네바다에서 네브래스카 그리고 북쪽 옐로스톤 강에서 남쪽의 콜로라도까지 이르는 황무지는 그야말로 적막했습니다. 그러나 이곳에도 자연은 살아 있었지요. 눈이 덮은 높은 산, 기괴하게 움푹 파인 골짜기, 계곡 사이로 흐르는 강물, 겨울이면 흰 눈으로 덮이고 여름이면 소금기 묻은 먼지로 덮인 잿빛 평지도 있었습니다.

이 땅에는 아무도 살지 않았습니다. 포니 족 인디언이나 블랙풋 인디언이 사냥감을 찾아 돌아다니긴 했지만 그들조차 오랫동안 머물지는 않았습니다. 용감한 그들에게도 이곳은 두려운 땅이었습니다. 먹이를 찾아다니는 늑대와 대머리독수리 그리고 회색 곰이 눈을 번득이며 돌아다녔지만 그들도 이 땅의 주인은 아니었습니다.

시에라블랑카 산맥의 북쪽 기슭 풍경만큼 적막한 곳은 없을 것입니다. 보이는 것이라고는 평평한 땅과 작은 나무숲이 전부였습니다. 그리고 나머지는 소금기 먹은 알칼리성 먼지에 뒤덮여 있었습니다. 지평선이 끝나는 곳에는 눈 덮인 산이 보였습니다. 이 절망의 땅에는 아무런 생명체가 살지 않았습니다. 그저 고요함이 가득한 그곳에는 청동색 하늘과 잿빛 땅만 있었습니다.

생명이라고는 찾을 수 없는 대평원 위에는 구불구불하게 이어진 사막을 가로지르는 길 하나가 나 있었지요. 참을성 있게 굽은 좁은 길을 따라가 보면 마차의 흔적과 모험가들의 발자국을 찾을 수 있었습니다. 알칼리성 땅 사이로 무언가 햇살에 빛나는 것도 볼 수 있었습니다. 크고 거친 것은 소의 뼈이고 작은 것은 사람의 뼛조각이었습니다. 2,500킬로미터에 이르는 마찻길을 따라 유골들이 기괴하게 흩어져 있었습니다.

1847년 5월 4일, 한 사내가 이 광경을 보고 있었습니다. 그는 마치 악마 같은 분위기를 풍겼습니다. 나이 또한 예순 살인지 아니면 마흔 살인지 알 수 없었습니다. 얼굴은 비쩍 말랐고 도드라진 얼굴뼈 위를 양피지 같은 피부가 둘러싸고 있었습니다. 그의 긴 갈색 머리와 턱수염 끝은 희끗희끗했고, 움푹 꺼진 두 눈은 이상한 기운을 내뿜고 있었습니다. 소총을 잡은 손가락은 앙상했습니다. 그는 소총을 어깨에 멘 채 힘없이 서 있었습니다. 하지만 그의 큰 키와 건강한 뼈대를 보면 그가 무척 정열적이고 힘이 센 사나이라는 것을 알 수 있었습니다. 초라한 차림새와 수척한 얼굴 때문에 그는 늙어 보였습니다. 그는 굶주림과 목마름으로 천천히 죽어 가고 있었습니다. 물을 찾아 이곳까지 왔지만 보이는 것이라고는 소금 평원과 뾰족한 산이 전부였습니다. 그 흔한 나무와 풀조차 없는 이곳에서 물을 찾기란 버거워 보였습니다. 그는 희망을 잃고 이 바위 위에서 죽게 되리라는 것을 예감하고 있었습니다.

"이십 년 후에 안락한 침대 위에서 죽는 거나 여기서 죽는 거나 다를 건 없겠지."

그가 바위 위에 앉으며 말했습니다. 그러고는 짐이 되는 라이플총과 회색 솔 꾸러미를 옆에 내려놓았습니다. 짐은 꽤 무거웠는지 쿵 소리를 냈습니다. 그때 회색 꾸러미 속에서 작은 신음 소리와 함께 작은 얼굴과 포동포동한 손가락이 나왔습니다.

"그렇게 세게 내려놓으면 어떡해요? 아프단 말이에요!"

아이는 원망스러운 눈빛으로 말했습니다.

"미안해. 일부러 그런 건 아니야."

사내는 숄 속에서 다섯 살쯤 된 귀여운 여자아이를 꺼냈습니다.
앙증맞은 신발과 분홍색 옷을 입은 모습에서 엄마의 손길이 느껴졌
습니다. 얼굴이 하얗게 질린 아이는 힘들어 보였습니다. 하지만 죽
음의 문턱에 서 있는 사내보다는 훨씬 건강해 보였습니다.

"이제 좀 괜찮니?"

아이가 곱슬곱슬한 금발의 뒤통수를 만지자 사내가 물었습니다.

"호, 불어 줘요. 엄마는 내가 아플 때 그렇게 해 줬어요. 그런데
우리 엄마는 어디에 있어요?"

"가셨어. 하지만 곧 만날 거야."

"말없이 가셨을 리 없어요. 옆집에 차를 마시러 갈 때도 내게 인사
를 했단 말예요. 그런데 사흘이나 지났어요. 아저씨, 목말라요. 물
없어요? 먹을 것도요?"

"아무것도 없단다. 하지만 조금 지나면 괜찮을 거야. 아저씨한테
기대렴. 사실 아저씨도 목이 타는구나. 입술이 마른 게 좀 나아지면
다 설명해 주마. 그런데 그건 뭐니?"

"예쁘고 좋은 것이요!"

아이는 운모 조각 두 장을 만지작거리며 말을 이었습니다.

"집에 가면 오빠한테 주려고요."

"조금 지나면 더 좋은 걸 갖게 될 거야."

그는 목소리를 높였습니다.

“조금 더 기다리렴. 아까 말이지, 우리가 강 건넌 거 기억하니?”

“네.”

“그때는 다른 강이 금방 나올 줄 알았단다. 그런데 뭔가 이상해. 나침반도 지도도 잘못된 것 같아. 물도 거의 다 마셨어.”

“그래서 아저씨는 세수도 못 했지요?”

아이는 사내의 얼굴을 올려다보며 말했습니다.

“그래, 물도 못 마셨어. 벤더 아저씨가 젤 먼저 세상을 떠났단다. 그리고 인디언 피트가 죽었지. 맥그리거 부인도, 조니 혼스도 죽었단다. 그리고 너희 엄마도 세상을 떠났단다.”

“엄마가 죽었어요?”

아이는 눈물을 흘렸습니다.

“모두 죽었지. 우리만 남고. 그리고 나는 강물을 찾아 너를 이곳까지 데려왔단다. 하지만 달라진 것은 없구나.”

“우리도 죽나요?”

아이는 고개를 갸웃거렸습니다.

“아마도 그렇게 되겠지.”

“그걸 왜 이제 말해요?”

아이는 밝게 웃었습니다.

114

"괜히 겁냈어요. 죽으면 엄마를 만날 수 있잖아요."

"그렇겠구나."

"아저씨도 함께 가요. 엄마한테 말할게요. 아저씨가 잘 보살펴 줬다고요. 엄마는 분명 천국 앞에서 물과 먹을 것을 준비해 놓고 우리를 기다릴 거예요. 아, 오빠와 내가 좋아하는 케이크도요. 그런데 얼마나 기다려야 해요?"

"모르겠다. 하지만 오래 걸리지는 않을 거야."

남자는 북쪽 지평선을 바라보았습니다. 푸른 하늘에 점 세 개가 반짝하더니 커지기 시작했습니다. 그리고 알 수 없는 무엇인가가 빠른 속도로 달려오고 있었습니다. 그것은 곧 갈색 새로 변하더니 높은 바위에 앉았습니다. 대머리독수리들이 죽음의 냄새를 맡고 날아온 것이었지요.

"닭이에요!"

아이는 소리를 지르며 손을 휘저어 새를 내쫓았습니다.

"아저씨, 이 땅도 하나님이 만드셨지요?"

"그렇지."

사내는 뜻밖의 질문에 당황한 듯 멈칫하더니 곧 말을 이었습니다.

"일리노이 땅도 미주리 땅도 하나님이 만드셨단다."

"그런데 여긴 사람이 만들었나 봐요. 이곳은 잘못 만들었어요. 물도 나무도 없잖아요."

"그럼 우리 같이 기도할까?"

사내가 말했습니다.

"아직 어둡지도 않은데요?"

"괜찮아. 하나님은 다 듣고 계실 거야. 우리가 마차를 타고 들판을 지날 때 했던 기도를 해 볼까?"

"아저씨는요?"

아이는 고개를 갸우뚱했습니다.

"난 잊어버렸어. 나는 어렸을 때부터 기도를 하지 않았단다. 하지만 지금 다시 시작해도 하나님은 들어주실 거야. 네가 먼저 하면 내가 따라 할게."

"그래요, 먼저 무릎을 꿇으세요."

아이가 맨땅에 숄을 깔면서 말했습니다.

"먼저 손을 모으세요."

대머리독수리들만이 이 두 사람을 바라보고 있었습니다. 숄 위에서 더듬거리며 기도문을 외우는 아이와 함께 두려움을 잃은 늙은 사내는 무릎을 꿇고 있었습니다. 아이의 앙증맞은 얼굴과 남자의 비쩍 마른 얼굴은 하늘을 올려다보고 있었습니다. 아이의 맑은 목소리와 사내의 쉰 듯한 목소리는 곧 청동색 하늘에 울려 퍼졌습니다.

기도를 마친 두 사람은 바위 밑 그늘로 자리를 옮겼습니다. 곧 아이는 사내의 가슴에 안겨 잠이 들었습니다. 지난 사흘 동안 한숨도 자지 못한 사내도 곧 깊은 잠에 빠져들었습니다.

이 두 사람이 조금만 더 늦게 잠들었다면 곧 신기한 광경을 보았을 것입니다. 알칼리 대평원 저 너머로 작은 먼지가 일고 있었습니다. 먼지는 조금씩 커지더니 나중에는 큰 모양으로 불어났습니다. 마치 동물의 무리 같았지요. 만약 비옥한 땅이었다면 들소 무리로 생각했을지도 모릅니다. 하지만 이곳에는 생명이 없었습니다. 먼지 소용돌이 속에서 천막을 친 마차와 사람들이 간간히 보였습니다. 그들은 이주민들이었습니다.

이 얼마나 웅장한 행렬이던지요! 그들의 제일 앞에 선 사람들이 산기슭에 닿을 때까지도 그 무리들은 지평선 끝에 닿아 있었습니다. 포장마차와 짐마차 그리고 말에 탄 사람과 걷는 사람들 행렬이 꼬리에 꼬리를 물고 이어졌습니다. 짐 꾸러미를 끌어안고 있는 여자들, 이륜마차를 따라 걷는 조무래기들, 포장마차 창으로 고개를 내민 아이들……, 그들 모두는 새로운 땅을 향해 가는 사람들이 분명했습니다. 사람들이 내는 소리와 마차 바퀴 소리 그리고 말들의 울음소리는 하늘과 땅을 울렸습니다. 하지만 깊이 잠든 두 방랑자는 미처 이 소리를 듣지 못했습니다.

대열의 선두에는 총을 들고 말을 탄 이십여 명의 남자들이 보였습니다. 그들은 절벽에 가까워지자 잠시 말에서 내렸습니다.

"샘은 오른쪽에 있습니다."

면도를 깨끗이 한 머리발이 희끗한 남자가 말했습니다.

"시에라블랑카 산맥의 오른쪽으로 가면 리오그란데 강입니다."

다른 사람이 말했습니다.

"물 걱정은 안 해도 됩니다."

세 번째 남자가 큰 목소리로 말했습니다.

"바위에서도 물을 구할 수 있는 분께서 분명 우리를 구원해 주실 것입니다."

"아멘!"

모든 사람이 외쳤습니다.

다시 그들이 말에 오르려 할 때였습니다. 무리 중 한 젊은 남자가 머리 위 험한 바위 밑을 가리켰습니다. 회색 바위 옆으로 펄럭이는 분홍색 물체가 선명하게 보였습니다. 그들은 총을 내려놓고 황급히 달려갔습니다.

"인디언은 아닐 것입니다. 우리는 포니 족 인디언 지역을 지났소. 그러니 산을 넘을 때까지 원주민은 없을 것이오."

"제가 다녀올까요? 스탠거슨 씨?"

누군가가 물었습니다.

"제가 갈게요. 저도요!"

사람들은 저마다 외쳤습니다.

"이곳에 말을 두고 다녀오시오. 우리는 여기서 기다리겠소."

노인이 대답했습니다. 젊은이들은 무리를 지어 절벽을 올라갔습니다. 그들은 바위에서 바위로 민첩하게 몸을 움직였습니다. 붉은 물체를 발견한 젊은이가 앞장섰습니다. 그리고 다른 사람들은 그 뒤를 바짝 따라갔습니다.

젊은이가 갑자기 두 팔을 번쩍 들어 올렸습니다. 그리고 다른 사람들도 연달아 두 팔을 치켜 올렸습니다.

바위 밑 그늘에는 키가 크고 수염을 기른 마른 남자가 누워 있었습니다. 그 옆에는 금발 머리의 아이가 사내의 붉은 목을 껴안은 채 잠들어 있었습니다. 아이의 붉은 입술 사이로 새하얀 이가 보였습니다. 천진난만한 표정이었습니다. 깨끗한 흰 양말과 예쁜 신발 그리고 남자의 앙상한 다리가 무척 대조적으로 보였습니다.

그들 옆에 앉아 있던 대머리독수리 세 마리가 사람들을 보고는 날아가 버렸습니다. 새 울음소리에 잠이 깬 두 사람이 어리둥절해하며 일어섰습니다. 황무지였던 그곳은 사람들로 북적이는 땅으로 변해 있었습니다.

“내가 꿈을 꾸고 있군.”

사내는 눈을 비비며 중얼거렸습니다. 소녀는 그의 옆에 숨어서 사방을 두리번거렸습니다. 남자들은 두 방랑자 곁으로 가까이 다가왔습니다. 한 사람은 소녀를 업고 다른 두 사람은 남자를 부축해서 마차로 데리고 갔습니다.

“나는 존 페리어라고 합니다.”

사내가 말했습니다.

“스물한 명 중 나와 저 아이만 남았습니다. 나머지 사람들은 물을 구하지 못해 모두 죽었습니다.”

“이 소녀는 당신 딸입니까?”

“이제는 제 아이가 되었습니다. 제가 지켜 냈으니까요. 누구도 내게서 저 아이를 데려가지 못합니다. 아이의 이름은 루시 페리어입니다. 당신들은 누구입니까?”

사내는 구조자들을 둘러보며 말을 이었습니다.

“거대한 무리군요.”

“만 명에 이릅니다.”

한 젊은이가 말했습니다.

“우리는 핍박당하는 신의 자녀입니다. 그와 동시에 모로니 천사에게 선택된 착한 백성들입니다.”

"모로니 천사라……, 처음 들어봅니다만 굉장히 많은 사람들을 택했군요."

"이는 신성한 이야기입니다. 농담으로 생각하시면 안 됩니다."

젊은이가 굳은 얼굴 표정으로 말했습니다.

"우리는 팔미라 황금판에 이집트 글자로 적은 경전을 믿는 사람들입니다. 그 경전은 조셉 스미스가 발견한 것이지요. 우리는 일리노이 주의 노부 시에서 왔습니다. 그곳에 예배당을 세웠지만 신을 믿지 않는 폭군들을 피해 우리는 새로운 땅을 찾아가고 있지요."

존 페리어는 노부라는 이름에서 무엇인가를 떠올렸습니다.

“당신들은 모르몬교도군요.”

“네, 그렇습니다.”

사람들은 동시에 대답을 했습니다.

“지금 어디로 가십니까?”

“우리도 잘 모릅니다. 다만 신께서 예언자를 통해 우리 모두를 인도해 주고 계십니다. 그러니 당신들도 함께 가야 합니다. 곧 그분께서 현명한 판단을 해 주실 것입니다.”

그들은 곧 많은 순례자들에게 둘러싸였습니다. 순박한 얼굴의 여자들, 천진난만한 미소를 짓고 있는 아이들, 깊은 생각에 빠진 남자들의 눈빛이 한곳에 머물렀습니다. 사내와 아이는 가장 화려한 마차로 갔습니다. 그 마차는 다른 마차와는 달리 여섯 마리의 말이 끌고 있었습니다.

마부 옆에 있는 한 남자는 서른이 채 되지 않아 보였지만 무리의 우두머리처럼 보였습니다. 그는 읽던 두꺼운 책을 내려놓고는 두 사람에게 말했습니다.

“당신들이 우리가 믿는 종교를 믿는다면 함께 데려갈 생각입니다. 우리들 안에 늑대가 있다면 곤란할 테니. 만일 당신들이 나쁜 씨앗이 된다면 여기서 죽게 두는 것이 나을 것입니다. 우리의 조건을 따르고 함께 가겠습니까?”

“네, 모든 것을 받아들이겠습니다.”

페리어가 믿음직스러운 목소리로 말하자 장로들은 미소를 지었습니다. 하지만 지도자만은 여전히 엄격한 표정이었습니다.

“스탠거슨 형제여, 이들을 데려가 물과 음식을 주세요. 그리고 우리의 신성한 믿음을 이들에게 전하세요. 시간이 많이 흘렀으니 어서 출발합시다!”

“천국을 향하여!”

모로몬교도들이 모두 외쳤습니다. 그 소리는 행렬을 따라 물결처럼 퍼져 나갔습니다. 채찍질 소리와 마차 바퀴 소리가 함께 뒤섞이면서 행진은 시작되었습니다. 새로운 두 신도를 맡게 된 장로는 그들을 자신의 마차에 태웠습니다. 그곳에는 음식이 있었습니다.

“여기서 쉬세요. 며칠 지나면 기운이 날 것입니다. 당신들은 이제 우리와 같은 신도입니다. 이것은 브리검 영의 말씀이자, 조셉 스미스의 말씀이자, 신의 말씀입니다.”

유타의 꽃

모르몬교도들의 힘든 여정은 마침내 끝에 다다랐습니다. 그들은 미시시피 강을 떠나 로키 산맥 서쪽에 이를 때까지 모든 역경과 고난을 딛고 그곳에 도착했습니다. 맹수와 야만인의 공격, 배고픔과 목마름, 질병 등 모든 고난을 겪었으나 그들은 앵글로색슨족 특유의 강인함으로 이를 모두 이겨 냈습니다. 하지만 오랜 여행을 하면서 겪는 고통은 이만저만이 아니었지요. 그들은 햇빛에 빛나는 유타 계곡에 마침내 닿았습니다. 그리고 약속된 땅에 도착했다는 지도자의 음성을 듣고는 모두 무릎을 꿇고 눈물을 흘렸습니다.

브리검 영은 뛰어난 지도자였습니다. 그는 도시를 건설할 지도와 계획안을 완성했습니다. 땅은 개인의 신분에 따라 나누어졌고 상인은 상업에, 기술자는 기술직에 배치되었습니다. 곧이어 마을에는 아름다운 길이 만들어지고 웅장한 광장이 세워졌습니다. 또한 배수 공사도 마쳤지요. 다음 해 여름에는 들판에 심은 밀 이삭이 황금물결을 이루었고 도시의 모습 또한 풍요로워졌습니다. 도시 한가운데에는 화려하면서도 웅장한 예배당이 모습을 드러냈습니다. 고난 속에서도 모르몬교도들의 망치와 톱 소리는 그치지 않았습니다. 그 모든 것이 신을 위한 것이었습니다.

두 방랑자, 존 페리어와 루시 또한 이주자들의 뜻에 따라 마을에 정착했습니다. 루시 페리어는 스탠거슨의 마차 안에서 그의 세 아내와 열두 살 난 아들과 잘 어울렸습니다. 루시는 어머니를 잃은 충격에서 벗어나 여자들의 사랑을 독차지하며 안정을 되찾았습니다. 페리어 역시 건강을 되찾은 뒤, 실력 있는 사냥꾼으로 이름을 날렸습니다. 그는 동지들의 믿음을 한 몸에 받았습니다. 또한 브리검 영과 네 장로, 스탠거슨, 캠볼, 존스톤, 드레버 외 나머지 이주자들이 받은 것과 똑같이 좋은 땅을 받았습니다.

존 페리어는 튼튼한 통나무집을 지었고, 그 집은 후에 넓은 저택이 되었습니다. 그는 돈 버는 일에 능했으며 성격이 꼼꼼하고 손재주도 좋았습니다. 몸도 무쇠처럼 튼튼해서 온종일 밭에 나가 일했습니다. 그의 농장은 번창했고 3년 뒤에는 다른 사람들보다 많은 수

확을 했으며, 6년 뒤에는 부자라는 소리를 들었습니다. 그리고 9년 뒤에는 부자로 꼽혔고, 결국 12년이 지난 뒤에는 솔트레이크시티의 6대 대지주가 되었습니다.

하지만 페리어는 한 가지 이유로 동료 신자들에게 미움을 샀습니다. 여러 아내를 데리고 사는 남자들과 달리 그는 한 명의 아내도 얻지 않았습니다. 그 이유에 대해 아무 말도 하지 않았지만 나름대로의 생각을 가진 듯 보였습니다. 사람들은 그가 신앙을 믿지 않는다며 공격했습니다. 한편 돈 욕심이 많아서 부인을 얻지 않는다며 수군거리기도 했습니다. 대서양 연안 어디쯤 그를 기다리고 있는 금발의 연인이 있다는 소문도 있었지요. 하지만 그는 여전히 혼자 살았습니다. 결혼 생활을 빼고 그는 모르몬교의 교리를 잘 지켰고 보수적이면서도 믿음직한 사람으로 꼽혔습니다.

루시는 존 페리어가 지은 통나무집에서 아버지와 단란한 생활을 했습니다. 산기슭의 맑은 공기와 향긋한 소나무 향은 그녀에게 어머니가 되어 주었습니다. 루시는 키가 크고 아름다운 숙녀로 자랐습니다. 페리어 농장을 다녀간 신도들은 루시가 야생마를 우아하게 다룬다며 감탄했습니다. 그녀의 아버지가 대지주의 자리에 올랐을 때, 그녀는 서부에서 가장 아름다운 처녀가 되어 있었습니다.

하지만 소녀의 아름다움을 가장 먼저 안 사람은 아버지가 아니었습니다. 그녀의 아름다움의 변화는 어떤 사건에 의한 것이 아니라 자연스러운 시간 속에 있었습니다. 루시 페리어는 목소리와 몸에 일어나는 자신의 변화를 조금씩 느끼고 있었습니다. 그 작은 변화와 새로운 일 모두를 그녀는 기억하고 있을 것입니다. 루시 페리어는 매우 중요한 변화의 한가운데에 서 있었습니다.

어느 6월 아침이었습니다. 모르몬교도들은 이날도 다름없이 부지런히 하루 일을 시작하고 있었습니다. 들과 마을에는 일을 하는 사람들의 소리가 들렸습니다. 큰길에는 커다란 짐을 실은 당나귀 행렬이 지나가고 있었습니다. 캘리포니아 금광을 찾는 사람들이라면 솔트레이크시티를 지나가야 했기 때문입니다. 그들 무리에는 양과 소, 말이 섞여 있었습니다. 사람도 가축도 모두 지쳐 있었지요. 그들 사이를 루시 페리어가 머리칼을 날리며 말을 타고 지나고 있었습니다. 아버지 심부름으로 시내에 가는 길이었습니다. 이주자들은 그녀의 아름다움에 반해 발길을 멈췄습니다. 표정이 없는 인디언들마저 작은 미소를 띠고 루시를 바라보았습니다.

루시가 도시의 변두리쯤 도착했을 때 엄청난 소 떼를 만났습니다. 이들을 몰고 온 거친 목동들도 함께였지요. 그녀는 마음이 급해 소 떼를 가로지르려 했지만 소들이 그녀를 둘러쌌습니다. 그중 소 한 마리가 말의 옆구리를 뿔로 받았습니다. 말은 미친 듯이 날뛰었습니

다. 위험천만한 순간이었습니다. 말안장에 간신히 매달린 루시는 말발굽에 치여 죽을 위기에 빠져 있었지요. 그때 한 남자의 다정한 목소리가 들렸습니다. 그는 말고삐를 움켜쥐더니 소떼 밖으로 말을 몰았습니다.

"아가씨, 괜찮습니까?"

그의 물음에 그녀는 검게 탄 남자의 얼굴을 보며 말했습니다.

"너무 무서웠어요. 폰초가 소를 겁낼 줄은 생각도 못했어요."

"무사하셔서 다행입니다."

그가 말했습니다. 키가 큰 남자는 얼굴이 잘생긴 젊은이로 사냥꾼 옷차림에 긴 총을 메고 있었습니다.

"존 페리어 씨의 따님이시군요? 댁에서 말을 타고 나오는 걸 보았습니다. 아버님께 세인트루이스의 제퍼슨 호프 가족을 기억하고 계시냐고 여쭤 봐 주세요. 저희 아버지와 가까우셨습니다."

"집에 한번 오셔서 물어보세요."

루시가 말했습니다. 젊은이는 밝은 얼굴로 말했습니다.

"그렇게 하지요. 지금은 두 달 동안 산에 있었던 탓에 방문할 모양새가 아니네요."

"아버지가 무척 고마워하실 거예요. 저를 무척 아끼시거든요. 만약 제가 소 떼에 깔렸다면 영원히 슬퍼하셨을 거예요."

“그건 저도 마찬가지입니다.”

“왜요? 저와는 아무런 상관도 없는 사이고 친구도 아니잖아요.”

그녀의 말을 들은 남자의 얼굴이 어두워졌습니다. 그러자 루시가 크게 웃으며 말했습니다.

“농담이에요. 이제 우리는 친구가 되었으니 나중에 우리 집에 꼭 놀러 오세요. 그럼 안녕!”

루시가 인사를 끝내자 남자가 그녀의 손에 키스를 했습니다. 그녀는 다시 먼지구름을 일으키며 말을 탔고 제퍼슨 호프 또한 동료들에게 돌아갔습니다. 그와 그의 일행은 네바다 산맥에서 은광을 발견한 뒤, 개발 자금을 구하기 위해 솔트레이크시티로 오는 길이었습니다. 그는 지금껏 매우 열심히 일해 왔지만 루시를 만난 후 일손이 잡히지 않았습니다. 은광 사업 따위는 루시에 비하면 아무것도 아니라는 생각마저 들었습니다. 그의 마음속에서 출렁이는 감정은 가벼운 달콤함이 아니라 남자의 뜨거운 열정이었습니다. 실패 없이 성공만 해 온 그는 이 사랑에서도 승리하고 싶었습니다.

제퍼슨 호프는 그날 밤, 존 페리어의 집을 방문했습니다. 그리고 시간이 날 때마다 그 집에 놀러 갔습니다. 존 페리어는 지난 12년 동안 농장 일만 했기에 바깥세상 일은 전혀 모르고 있었습니다. 제퍼슨 호프는 세상 돌아가는 이야기를 친절하게 들려주었습니다. 그러면 루시도 호기심 어린 눈으로 그의 이야기를 들었습니다. 캘리포니아 부자들의 성공과 실패 이야기, 또 자신이 해 온 은광 개발과 사냥, 목장 이야기 등……. 수없이 많은 흥미진진한 이야기가 제퍼슨 호프의 입을 통해 흘러나왔습니다. 존 페리어는 그가 진심으로 마음에 들기 시작했습니다. 루시 또한 제퍼슨 호프에 대한 감정이 커져 갔습니다.

어느 무더운 여름날 저녁이었습니다. 호프는 페리어 저택에 말을 세웠습니다. 루시가 마중을 나오자 그는 서둘러 그녀 곁으로 뛰어가 손을 잡으며 말했습니다.

"나는 이제 곧 떠납니다. 지금은 아니지만 다시 내가 이곳으로 왔을 때, 함께 떠날 수 있겠소?"

"언제요?"

루시가 웃으며 말했습니다.

"두 달 후쯤이 될 거예요. 그때는 내가 정중히 당신을 데려갈 것입니다. 어느 누구도 방해하지 못할 것이오."

"아버지는 뭐라고 하셨나요?"

"은광 개발이 성공하면 좋겠다고 하셨어요. 그 일은 걱정하지 않아도 됩니다."

"아버지가 그렇게 말씀하셨다면 저도 좋아요."

루시는 남자의 가슴에 고개를 묻었습니다.

"하나님! 감사합니다!"

호프는 루시에게 키스를 했습니다.

"기다려 줘요, 루시. 빨리 다녀오겠소. 두 달 후면 우리는 다시 만날 수 있소."

호프는 말에 오르자마자 서둘러 길을 떠났습니다. 루시를 보면 마음이 더욱 흔들릴 것 같았지요. 루시는 그의 모습이 보이지 않을 때까지 지켜보았습니다. 그녀는 유타에서 가장 아름답고 행복한 여자였습니다.

목숨을 건 결심

제퍼슨 호프가 솔트레이크시티를 떠난 지 삼 주가 흘렀습니다. 존 페리어는 자신의 목숨보다 소중한 수양딸 루시와 작별을 한다고 생각하니 마음이 허전했습니다. 하지만 루시의 행복한 얼굴을 보면 고집을 부릴 수 없었습니다. 게다가 그는 루시를 모르몬교의 사람과 결혼시키고 싶지 않았지요. 겉으로 보기에 그는 독실한 신자처럼 보였지만 결혼에 관해서는 생각이 달랐습니다. 그러나 이곳에서 이단처럼 보이는 것은 위험했기에 신도들에게는 자신의 마음을 숨겼습니다.

믿음을 따르는 사람들이 사는 땅에서 이단설이란 끔찍한 말이었습니다. 그 말은 독실한 신자로 꼽히는 몇 사람들조차 구설에 오를까 봐 쉽게 내뱉지 못하는 무서운 말이었습니다. 조금이라도 박해를 받은 사람은 그 자신이 끔찍한 박해자가 되었습니다. 스페인 세비야의 종교 재판이나 독일의 비밀 재판, 이탈리아의 비밀 결사도 유타 주의 모르몬교와는 비교할 수 없었지요.

모르몬교의 신비스러움은 그 조직을 더욱 무섭게 만들었습니다. 전지전능한 신을 접해 본 사람은 아무도 없었습니다. 교리에 반대 의견을 낸 사람은 소리 소문 없이 사라졌습니다. 남은 가족들은 기다렸지만 가족의 품으로 돌아온 사람은 없었습니다. 가벼운 말이나 경솔한 행동은 끝을 의미했습니다. 그러나 이 무서운 사실에 관해 말하는 사람은 아무도 없었습니다. 사람들은 겁에 질려 있었지만 그것을 입 밖으로 내지 않았습니다.

이 같은 억압은 모르몬교를 배신한 신도들에게 향했습니다. 피해자는 점점 늘어 갔습니다. 여자들 수가 부족해 일부다처제라는 한 남자가 여러 명의 아내를 두는 혼인을 해야 하는 교리도 지속될 수 없게 되었습니다. 곧 황무지에서 이주자들이 공격을 당했다는 소문이 돌았고, 그때마다 장로들은 계속해서 새로운 부인을 얻었습니다. 부인들의 얼굴에는 불안함과 우울함이 깃들어 있었습니다.

소문과 이야기는 점점 퍼져 갔습니다. 때론 소문이 사실로 밝혀지기도 했지요. 서부의 외딴 목장 지대에는 모르몬교 내에서 조직된

비밀 결사 단체인 다나이트 갱이나 복수의 천사 같은 조직의 이름
이 돌며 공포의 대상이 되었습니다. 이런 조직의 정체를 알수록 사
람들의 불안감은 커져만 갔습니다. 누가 과연 이 조직에 가입했는지
도 의문이었습니다. 신성한 종교의 이름 아래, 살인과 폭행에 관련
된 이들의 이름은 철저히 감춰졌습니다. 사람들은 갈수록 이웃을 두
려워했습니다. 그리고 마음속 이야기를 절대로 꺼내지 않았습니다.

어느 날 아침이었습니다. 존 페리어가 밀밭으로 나가려는데 한 중
년 사내가 현관으로 들어왔습니다. 그는 브리검 영이었습니다. 존
페리어는 그의 방문이 반갑지 않았습니다. 하지만 모르몬교의 지도
자인 그를 반기지 않을 수 없었지요. 그는 서둘러 현관으로 뛰어나
가 그를 거실로 안내했습니다.

"페리어 형제!"

그가 의자에 앉으며 말했습니다.

"우리들은 지금까지 당신에게 좋은 친구가 되어 주었소. 사막에서
독수리 먹잇감이 될 뻔한 당신을 구해 주었지. 당신이 이곳에서 대
지주로 살 수 있는 것은 모두 우리 교인들 덕이오."

"그렇습니다."

"그것에 대한 답으로 당신에게 요구하고자 하는 것이 하나 있소.
당신은 이제 모르몬의 교리를 따라야 하오. 우리들의 약속을 모른

척한다는 것은 우리와 함께 길을 가지 않겠다는 뜻이오. 소문에 듣자 하니, 당신은 우리의 약속을 무시하고 있다고요?”

“무시하다니요. 무슨 말씀이신지.”

당황한 페리어가 황급히 말을 이었습니다.

“제가 기금을 안 냈습니까, 아니면 예배에 빠졌습니까? 그게 아니라면.”

“당신의 아내들은 어디 있소?”

그가 집을 둘러보며 말을 이었습니다.

“직접 인사할 수 있게 해 주시오.”

“저는 결혼을 하지 않았습니다. 하지만 저는 혼자라도 외롭지 않습니다. 훌륭한 딸도 있고요.”

“그 딸 말이군요.”

지도자가 말했습니다.

“당신의 딸은 마치 유타의 꽃 같더군요. 좋은 집 여러 곳에서 당신의 딸을 눈여겨보고 있지요.”

존 페리어의 얼굴이 어두워졌습니다.

“그런데 이상한 소문이 들리더군요. 당신의 딸이 낯선 이방인과 약혼했다는 것이 사실이오? 그게 헛소문이라는 것을 이 자리에서 밝혀 주시오. 성인 조셉 스미스 율법 제13조를 모르시오? 참된 신자의 딸들은 하나님이 선택한 사람의 아내가 되어야 하고, 이방인의 아내가 되는 것은 큰 죄라는 것을요. 그 사실을 모를 리 없으니 이를 어기지 않겠지요?"

존 페리어는 말없이 지도자의 말을 듣고만 있었습니다.

"당신의 신앙심은 이것으로 밝혀질 것이오. 장로회의 결정은 이렇습니다. 그대의 딸은 아직 어리니 늙은이와 결혼시키지는 않을 것이오. 딸의 생각도 존중할 것입니다. 장로들은 아내가 많으니 그들의 며느릿감으로 삼고자 하오. 스탠거슨과 드레버에게 아들이 있소. 두 집 모두 당신의 딸을 좋아할 것이오. 선택권은 당신의 딸에게 주겠소. 두 사람 모두 부자고 신앙심도 깊지. 당신 생각은 어떻소?"

페리어가 드디어 입을 열었습니다.

"제게 생각할 시간을 좀 주십시오. 제 딸은 아직 어려서요."

"그럼 한 달의 시간을 주겠소."

그가 일어서며 말을 이었습니다.

"꼭 한 달 뒤, 루시는 대답을 해야 하오."

그는 현관으로 나가다 붉게 상기된 얼굴로 존 페리어를 노려보며 말했습니다.

"존 페리어, 당신이 지금에 와서 어리석은 생각을 한다면 그때 시에라블랑카에서 대머리독수리의 먹잇감이 되는 게 나았을 거야."

그는 거칠게 문을 닫고 나갔습니다. 곧이어 자갈길을 걷는
무서운 발소리가 들렸습니다. 페리어는 무릎을 끌어당
기며 고개를 묻었습니다. 그때 부드러운 손이 그의
머리를 감쌌습니다. 하얗게 질린 루시는 두 사람
의 대화를 모두 들은 듯했습니다.

“아버지, 이제 어쩌지요?”

“걱정하지 마라.”

그는 루시의 머리를 쓰다듬으며 말
했습니다.

“모든 것이 잘될 거야. 네 마음은
변하지 않았지?”

루시는 말없이 눈물을 흘렸습니다.

“나 역시 네 결심을 믿는단다. 제퍼슨은 좋
은 청년이야. 또 기독교 신자지. 이곳 사람들
보다 백배는 더 낫고말고. 내일 네바다로 떠
나는 사람에게 부탁해서 그에게 편지를 전
해야겠어. 아마 소식을 듣는다면 전보보다
빨리 돌아올 거야.”

루시는 아버지의 말에 환히 웃었습니다.

"그가 돌아와 모든 것을 해결해 줄 거예요. 하지만 전 아버지가 걱정이에요. 지도자의 말을 거역하면 끔찍한 보복을 당하잖아요."

"아직 거역하진 않았어. 그러니 걱정은 나중에 하자. 한 달의 여유가 있단다. 그 뒤에 유타를 떠나자꾸나."

"유타를 떠난다고요?"

"그래."

"저택과 농장은 어쩌고요?"

"정리할 수 있는 것은 모두 정리를 해야지. 안 되는 것은 어쩔 수 없고. 나는 오래전부터 이 일을 생각해 왔단다. 나는 다른 교도들처럼 지도자를 따를 생각이 없어. 나는 자유로운 미국인이니까."

"하지만 그들이 놔줄까요?"

"제퍼슨이 돌아올 때까지 기다려 보자. 그동안은 걱정 없이 지내렴. 네 얼굴이 수심에 차 있다면 제퍼슨이 슬퍼할 거야. 무엇도 겁내지 마라."

존 페리어는 루시를 안심시켰습니다. 하지만 루시는 그날 밤, 존 페리어가 문을 단단히 잠근 뒤 녹슨 산탄총을 정비하고 총알을 넣는 것을 보았습니다.

붙잡혀선 안 돼

존 페리어는 다음 날, 네바다 산맥으로 가는 사람에게 제퍼슨 호프에게 보내는 편지를 부탁했습니다. 편지에는 현재 그들이 위험에 빠져 있으니 가능한 한 빨리 돌아오라는 말이 적혀 있었습니다. 편지를 보낸 존 페리어는 조금은 편한 마음으로 집으로 돌아왔습니다.

그런데 페리어 농장에 도착해 보니 대문 기둥에 말 두 마리가 묶여 있었습니다. 집 안에는 낯선 두 젊은이가 있었습니다. 얼굴이 흰 남자는 흔들의자에 앉은 채 탁자 위에 발을 올리고 있었고, 얼굴이 통통하고 목이 굵은 남자는 창가에 서 있었습니다. 창가 앞에 선 남자는 바지 주머니에 손을 넣고는 휘파람으로 찬송가를 부르고 있었습니다. 페리어가 들어서자 두 젊은이는 그에게 가볍게 인사했습니다.

"처음 뵙겠습니다. 이쪽은 엘더 드레버 씨 아들이고, 저는 조셉 스탠거슨입니다. 어르신이 황무지에서 하나님의 구원을 받으실 때 우리도 그곳에 있었지요."

"하나님은 언제나 우리를 좋은 길로 인도하시지요."

다른 남자가 코맹맹이 소리를 내며 말했습니다. 존 페리어는 그들이 온 목적을 알 것 같았습니다.

"우리가 이곳에 온 이유는 말이지요."

스탠거슨이 말을 이었습니다.

"당신과 당신 딸의 마음을 알아보라는 아버님들의 말씀이 있었습니다. 저는 부인이 넷이고 드레버는 일곱이니 제가 더 나은 것 같지요?"

"스탠거슨, 섭섭하게 왜 그러나? 지금 몇 명을 거느리느냐가 중요한 것이 아니야. 몇 명을 부양할 수 있느냐가 중요하다고. 아버지는 나에게 물레방앗간을 물려주셨어. 그러니 내가 더 부자야."

"하, 내 앞날이 더 밝지. 아버지가 하나님 나라로 가신다면 가죽 공장이 전부 내 것이라고. 게다가 나는 자네보다 나이도 많고 교회에서 지휘도 더 높아."

“그건 루시 양이 결정할 일이야.”

드레버가 거울에 비친 자신의 모습을 보며 징그럽게 웃었습니다. 존 페리어는 두 젊은이를 당장 내쫓고 싶었지만 참았습니다. 그는 화를 참으며 입을 열었습니다.

“자네들 말이야. 딸이 부른다면 다시 내 집에 와도 좋지만 지금 모습은 썩 보기가 안 좋군.”

그의 말이 끝나기가 무섭게 두 젊은이의 눈이 번득였습니다. 루시를 두고 두 사람이 대결을 할 처지에 놓였기 때문입니다.

“자, 나가는 방법은 두 가지야. 하나는 저 문을 열고 스스로 나가는 것, 또 하나는 창문으로 내던져지는 것. 어떤 것을 선택하겠나?”

두 사람은 존 페리어의 말이 끝나자마자 황급히 문을 열고 밖으로 뛰어나갔습니다. 존 페리어는 문 앞까지 쫓아 나가 소리쳤습니다.

“그럼 연락하게.”

“당신, 실수했어!”

스탠거슨이 무섭게 눈을 부라리며 말했습니다.

“당신은 지금 지도자와 장로회의 말을 거역했어. 하나님이 당신을 처단하실 거야!”

드레버가 외쳤습니다.

“그럼 내가 먼저 없애 줄까?”

존 페리어가 소리쳤습니다. 그가 위층으로 총을 가지러 가자 루시가 말렸습니다. 어느새 그들은 말을 타고 도망갔습니다.

"더러운 악당 놈들!"

존 페리어는 이마에 맺힌 식은땀을 닦으며 말을 이었습니다.

"저 두 놈 중에 하나를 골라 네 남편으로 삼느니 그냥 여기서 함께 죽는 게 낫겠구나."

"그래요, 아버지. 하지만 곧 제퍼슨이 달려올 거예요. 그러니 참으세요."

"맞다, 저 악당들은 또 다른 일을 꾸밀 게야. 그나저나 제퍼슨이 빨리 와야 할 텐데 걱정이구나."

두 부녀에게는 다른 누군가의 도움이 절실했습니다. 새로운 도시를 건설한 이후 장로들에게 대항한 사람은 아무도 없었습니다. 지금처럼 사소한 일로도 엄벌이 가해진다면 이들의 운명은 어찌 될까요? 페리어는 그의 명성과 재산이 아무 쓸모없다는 것을 잘 알고 있었습니다. 자신보다 유명하고 부유했던 사람들도 전 재산을 빼앗겼습니다. 그리고 소리 소문 없이 사라졌지요. 그는 고난과 역경을 이겨 낼 수 있는 용감한 사람이었지만 마음속 공포는 감추기 어려웠습니다. 그는 딸에게 약한 모습을 보이지 않기 위해 노력했지만 루시는 아버지의 마음을 잘 알고 있었습니다.

페리어는 당장 지도자에게 연락이 올 것이라고 생각했습니다. 하지만 그의 생각은 빗나갔습니다. 대신 지도자는 더 섬뜩한 방법을 썼지요. 그는 다음 날 아침 침대 머리맡에서 핀에 꽂힌 작은 쪽지를 발견했습니다.

다시 생각할 여유를 29일 주겠다.
하지만 그다음은…….

말줄임표 뒤에 나올 말은 협박보다 더 끔찍했습니다. 존 페리어는 어떤 방법으로 이 쪽지가 자신의 머리맡에 있는지 생각해 보았습니다. 하인들은 모두 바깥채 방에서 잠을 잤기 때문입니다. 그는 모든 문과 창문을 잠갔습니다. 그리고 쪽지를 버린 뒤, 루시에게는 아무 이야기도 하지 않았습니다. 29일은 지도자가 말한 한 달의 시간이었습니다. 핀을 꽂은 사람은 아무도 모르게 존 페리어를 죽일 수도 있었습니다. 그럼 이제부터는 어떻게 해야 할까요?

다음 날은 더욱 기괴한 일이 생겼습니다. 페리어는 딸과 함께 아침 식사를 하기 위해 식당으로 갔습니다. 그런데 갑자기 루시가 소리를 질렀습니다. 식당 천장에는 종이를 태워 28이라고 숫자를 새긴 쪽지가 붙어 있었습니다. 다행히 루시는 숫자가 어떤 의미인지 아무

것도 모르는 눈치였습니다. 그는 종이를 숨긴 뒤 총을 들고 밤새 집 안을 지켰습니다. 하지만 다음 날, 현관문 바깥에 27이라는 숫자가 페인트로 칠해져 있었습니다. 날짜가 점점 지나면서 줄어드는 숫자는 매일 아침 그를 괴롭혔습니다.

어느 날은 벽에, 또 어느 날은 마룻바닥에 새겨져 있었습니다. 또 가끔은 나무판자나 울타리 위에 붙어 있기도 했습니다. 존 페리어는 매일 밤 열심히 감시했지만 이 일은 계속되었습니다. 그의 얼굴은 점점 말라 갔고 눈빛은 불안해졌습니다. 그는 오직 네바다에서 돌아올 젊은이를 기다리며 하루하루를 견뎌 내고 있었습니다.

남은 날은 20일에서 15일 그리고 15일에서 10일이 되었지만 아무 소식이 없었습니다. 가끔씩 바깥에서 말발굽 소리가 나거나 목동의 목소리가 들리면 존 페리어는 현관문을 열고 뛰어나갔습니다. 하지만 3일을 남겨 둘 때까지도 아무런 소식이 없자 존 페리어는 도망치는 것조차 포기했습니다.

혼자 힘으로는 도저히 지도자와 싸울 수 없었습니다. 또한 집 주위를 둘러싸고 있는 험한 산등성이를 넘을 자신도 없었습니다. 게다가 골목마다 장로회의 감시도 삼엄했지요. 그는 창살 없는 감옥에서 살고 있었습니다. 운명은 정해져 있는 것 같았습니다. 하지만 페리어는 신념을 버리지 않겠다고 결심했습니다.

어느 날 아침, 그는 깊은 생각에 잠겨 있었습니다. 담벼락에는 이미 2라는 숫자가 붙어 있었습니다. 이제 다음 날이면 하루를 남겨 둔 셈이었습니다. 그 뒤에 어떤 일이 벌어질까 하는 끔찍한 공포감이 그의 가슴을 짓눌렀습니다. 그가 죽는다면 딸은 어떻게 될까요? 이들에게서 도망칠 방법은 없었습니다. 그는 고개를 숙인 채 낮은 소리로 흐느껴 울었습니다.

그때 작은 소리가 들렸습니다. 밤의 고요함 속에서 소리는 점점 커졌습니다. 현관 쪽이었습니다. 페리어는 그곳으로 다가갔습니다. 누군가가 문을 두드리고 있었습니다. 그를 해치러 온 사람일지 아니면 숫자 경고장을 들고 온 사람일지를 생각하니 존 페리어는 공포심에 질려 미쳐 버릴 것만 같았습니다. 하지만 두려움 속에서도 정신을 집중한 채 문을 활짝 열었습니다.

현관 밖은 고요했습니다. 밤하늘은 맑았고 바람은 선선했습니다. 어디를 보아도 사람은 보이지 않았습니다. 그는 숨을 깊게 내쉬며 안심했습니다. 그때 발밑에 한 사람이 엎드려 있는 것을 보았습니다. 페리어는 놀란 나머지 몸을 움직일 수 없었습니다. 처음에는 시체라고 생각했던 사람은 재빨리 집 안으로 조용히 들어왔습니다. 그리고 서둘러 문을 닫았는데 그는 다름 아닌 제퍼슨 호프였습니다.

“오, 세상에!”

존 페리어가 외쳤습니다.

"자네, 꼴이 그게 뭔가?"

"배가 고픕니다. 서둘러 오느라고 이틀 동안 아무것도 먹지 못했어요."

그는 페리어가 남겨 놓은 고기와 빵을 눈 깜짝할 사이에 먹어 치웠습니다.

"루시는 잘 있나요?"

"루시는 아무것도 모르고 있어."

"그렇군요. 모든 집에서 이 집을 감시하고 있더군요. 그래서 기어서 왔습니다."

존 페리어는 제퍼슨 호프가 고마웠습니다.

"정말 고맙군. 우리를 도와주기 위해 이곳에 온 사람은 아무도 없었다네."

"저는 어르신과 루시를 위해 왔습니다. 루시에게 나쁜 일이 생겼다면 당연히 와야지요."

"시간이 얼마 남지 않았다네."

"내일이 마지막 날이지요. 우선은 당나귀와 말을 독수리 골짜기에 준비해 놓았습니다. 지금 얼마쯤 가지고 계신가요?"

"황금으로 2,000달러 정도. 그리고 지폐가 5,000달러 있네."

"좋습니다. 제게도 그 정도가 있어요. 우선은 카슨시티로 가지요. 먼저 루시를 깨우세요. 하인들이 바깥채에 있어서 다행입니다."

페리어가 루시를 데리러 간 사이에 제퍼슨 호프는 식량을 자루에 넣었습니다. 그리고 작은 항아리에는 물을 가득 채웠습니다. 그때 페리어와 루시가 돌아왔습니다. 연인은 눈빛만으로도 서로의 마음을 알고 있었습니다.

"이제 떠나셔야 합니다."

제퍼슨 호프가 작은 목소리로 말했습니다.

"현관문과 뒷문은 위험합니다. 옆 창문으로 나가야 합니다. 새벽이 되면 산 중턱을 넘을 것입니다."

"일이 잘못되면 어쩌지?"

그러자 호프가 능숙하게 권총을 만지며 말했습니다.

"두세 명쯤은 제가 처리할 수 있습니다."

페리어는 창문 밖 들판을 마지막으로 바라보았습니다. 이제 그는 이곳을 영원히 떠나야 했습니다. 그러나 그는 이미 마음의 정리를 했고, 루시를 위해서라면 무엇이라도 할 수 있었지요. 바람에 살랑거리는 나뭇잎과 들판의 곡식을 보고 있으니 모든 일이 꿈만 같았습니다. 하지만 호프의 긴장 섞인 창백한 얼굴을 보자 곧 정신이 번쩍 들었습니다.

페리어는 돈 가방과 음식 그리고 물을 챙겼습니다. 루시는 소지품을 넣은 작은 보따리를 들었습니다. 그들은 검은 구름이 달을 덮을 때를 기다린 뒤, 조심스럽게 창문을 빠져나왔습니다. 그들은 정원을 지나 울타리로 갔고, 그곳에서 옥수수 밭과 맞닿은 틈으로 향했습니다. 그때 제퍼슨이 두 사람을 갑자기 끌어당겼습니다. 곧이어 올빼미 울음소리가 들렸고, 그에 답하는 올빼미 울음소리가 다시 한 번 들렸습니다. 그러자 희미한 그림자가 나타나 올빼미 울음소리를 내더니 맞은편에서 또 다른 남자가 나타났습니다.

"내일 밤 자정이야!"

첫 번째 남자가 소리를 질렀습니다.

"네. 드레버 형제에게 말할까요?"

다른 남자가 말했습니다.

"그래. 그리고 다른 사람에게도 말해. 9에서 7!"

"그럼 7에서 5!"

두 남자는 말을 끝낸 뒤 서로 다른 방향으로 사라졌습니다. 어떤 메시지인지 알 수 없었습니다. 제퍼슨 호프는 두 사람을 데리고 들판을 뛰었습니다. 루시가 힘들어하자 그는 그녀를 업고 달렸습니다.

"어서 가요! 조금만 더 힘을 내요!"

그들은 낯선 사람을 보자 얼른 풀숲으로 몸을 피했습니다. 그리고

시내로 갈라지는 길에서 호프는 산길로 발길을 옮겼습니다. 당나귀와 말을 숨겨 둔 독수리 골짜기로 향하는 길이었습니다. 호프는 바위 사이를 가로질러 구석까지 갔습니다. 거기에 당나귀와 말이 있었습니다. 루시는 당나귀에 오르고 페리어는 돈 가방을 들고 말에 올랐습니다.

익숙치 않은 두 사람에게 산길을 통과하기란 무척 힘든 일이었습니다. 한쪽은 바위산이었는데 마치 괴물의 늑골처럼 흉해 보였습니다. 다른 쪽에는 자갈과 깨진 바위가 길을 막고 있었습니다. 그 사이로 작은 길이 보였습니다. 그들은 한 줄로 겨우 그 길을 지나갔습니다. 무시무시한 독재자로부터 멀어지고 있다는 생각에 존 페리어의 마음은 가벼웠습니다.

하지만 아직 그들은 모르몬교도가 지배하고 있는 소굴에 있었습니다. 험한 산비탈에서 루시가 비명을 지르며 절벽을 가리켰습니다. 바위 위에 보초병이 보였습니다. 그가 피로에 지친 얼굴로 누구냐고 물었습니다.

"네바다로 가는 떠돌이들입니다."

호프가 라이플총을 조심스럽게 만지며 말했습니다. 보초병은 뭔가 의심스럽다는 얼굴로 그들을 바라보았습니다.

"허가는 받았소?"

“물론입니다. 장로회의 허가를 받았습니다.”

페리어가 대답했습니다. 그가 알기로 모르몬교도에서 가장 높은 조직은 장로회였습니다.

“9에서 7!”

보초가 소리쳤습니다.

“그럼 7에서 5!”

호프는 정원에서 기억한 암호를 댔습니다.

“통과! 하나님의 보호가 함께하기를!”

보초는 외치며 총을 내려놓았습니다.

그들은 다시 넓게 펼쳐진 길을 향해 말을 몰았습니다. 모르몬교도의 손아귀에서 벗어난 순간이었습니다.

복수의 천사들

그들은 밤새 구불구불한 자갈밭을 달렸습니다. 길을 찾지 못해 여러 번 위험에 빠졌지만, 그때마다 호프는 산에서 익힌 경험과 지혜를 발휘했습니다. 아침이 되자 황량한 풍경이 그들 앞에 펼쳐졌습니다. 보이는 것이라고는 눈 덮인 산봉우리와 지평선뿐이었습니다. 길 가장자리에는 바위가 솟아 있고 낙엽과 솔잎이 쌓여 있었습니다. 바람이라도 불면 곧 그들의 머리 위로 떨어질 것만 같았지요. 그리고 얼마 후, 큰 바위가 요란한 소리를 내며 떨어져 내리자 말들이 놀라 날뛰었습니다.

해가 뜨자 산꼭대기로 축제의 등불과도 같은 붉은빛이 일렁였습니다. 그들은 그 빛을 바라보며 새로운 힘을 얻었습니다.

좁은 골짜기를 흐르는 계곡 옆에서 그들은 말에게 물을 먹이며 아침을 먹었습니다.

"조금 더 쉬고 싶겠지만 서둘러야 합니다. 카슨시티에 도착할 때까지 참으셔야 합니다. 그 이후로는 편히 쉴 수 있을 것입니다."

그들은 하루 종일 말을 타고 좁은 길을 걸었습니다. 그리고 저녁이 되어서야 솔트레이크시티에서 50킬로미터 정도 되는 곳까지 멀어질 수 있었습니다.

어두운 밤, 그들은 커다란 바위 아래에서 눈을 붙였습니다. 그리고 해가 뜨기 전 다시 길을 떠났습니다. 적의 모습이 보이지 않자 제퍼슨 호프는 그들을 따돌렸다고 생각했습니다. 호프는 그들에 관해 잘 몰랐던 것이지요. 상상할 수 없을 만큼의 막강한 힘과 끈질긴 추격 능력을 말입니다.

도망친 지 이틀이 지나자 식량이 떨어졌습니다. 하지만 호프는 사냥을 잘했기에 걱정하지 않았습니다. 그는 강한 바람이 부는 해발 1,500미터 산줄기에서도 장작불을 땐 뒤 페리어와 루시를 쉬게 했습니다. 그러고는 사냥을 하기 위해 일어섰습니다.

두 개의 계곡을 지나는 동안 사냥감을 찾을 수 없었지만 나무껍질과 다른 흔적을 보고 그는 곰이 있을 것이라고 확신했습니다. 두세 시간을 아무 소득 없이 헤맨 뒤에는 그냥 돌아갈까 생각도 했지만 다행스럽게도 '큰뿔'이라고 부르는 짐승을 찾을 수 있었습니다. 그는 침착한 자세로 총을 쏘았고 짐승은 곧 절벽 아래로 떨어졌습니다. 호프는 큰 짐승의 다리 한 짝과 옆구리 살을 자른 뒤 캠프를 향해 발길을 돌렸습니다.

그런데 돌아가는 길이 기억나지 않았습니다. 보이는 골짜기마다 비슷해 보였지요. 오는 길에는 보지 못했던 급류도 나타났습니다. 다른 골짜기도 마찬가지였습니다. 달도 뜨지 않은 골짜기는 칠흑처럼 캄캄했습니다. 그는 무거운 고깃덩어리를 이고 간신히 앞으로 걸어갔습니다.

다섯 시간이 지난 뒤에야 호프는 캠프를 찾을 수 있었습니다. 그가 신호를 보냈지만 캠프에서는 아무 소리도 나지 않았습니다. 그저 자신의 목소리만이 메아리쳤습니다. 순간 그는 고깃덩이를 집어던진 채 캠프 위로 뛰어 올라갔습니다.

타다 남은 장작 말고는 아무것도 없었습니다. 말도, 노인도 그리고 루시도 보이지 않았습니다. 분명 무슨 일이 벌어진 것이 분명했습니다. 모든 것이 아무 흔적도 없이 사라지고 없었습니다.

제퍼슨 호프는 한동안 정신을 차리지 못한 채 멍하니 서 있었습니다. 그는 불붙은 나무 막대를 집어 사방을 비춰 보았습니다. 발자국을 보니, 말을 탄 사람들이 왔다가 다시 솔트레이크시티로 간 것을

알 수 있었습니다. 두 사람도 데려갔을까 싶어 제퍼슨이 모든 것을
포기한 마음으로 사방을 둘러보고 있을 때였습니다. 장작불 뒤로 붉
은 흙더미가 보였습니다. 그것은 무덤이었습니다. 무덤 위에는 종이
가 끼워져 있는 막대기가 꽂혀 있었습니다.

솔트레이크시티의 존 페리어, 1860년 8월 4일 이곳에 잠들다.

불과 다섯 시간 전에 건강했던 노인이 죽어 있었습니다. 묘비에 쓰인 것은 그것이 전부였습니다. 루시는 장로 아들의 아내로 끌려간 것이 분명했습니다. 호프는 분노와 죄책감으로 인해 자신도 노인 옆에 묻히고 싶다는 생각에 사로잡혔습니다. 하지만 곧 복수를 결심했습니다. 그는 태어날 때부터 강한 인내심을 타고났고 인디언들에게 복수심을 배웠습니다.

그는 내던져 있던 고깃덩어리를 구워 얼마 동안 먹을 식량을 만들었습니다. 그리고는 복수의 천사들이 남긴 발자국을 추격하기 시작했습니다. 그는 말을 타고 왔던 길을 오 일 동안 걸어 되돌아갔습니다. 밤에는 바위틈에서 잠을 잤고, 날이 새기 전 일어나 길을 걸었습니다. 엿새째 되던 날, 그는 독수리 골짜기에 도착했습니다. 어느덧 눈앞에는 솔트레이크시티가 보였습니다. 도시에는 화려한 깃발이 걸려 있었습니다.

그때 말을 탄 남자가 달려오는 것이 보였습니다. 그는 호프와 알고 지내던 쿠퍼였습니다.

"나는 제퍼슨 호프요! 나를 알겠소?"

놀란 모르몬교도는 그를 쳐다보았습니다. 수척한 사냥꾼에게서 건강했던 제퍼슨 호프를 떠올리기는 힘들었습니다. 그는 한참동안 호프를 바라보더니 이내 깜짝 놀라 소리쳤습니다.

"이보시오. 이곳이 어디인 줄 알고 왔소? 당신과 이야기를 나눈 것만으로도 나는 잡혀갈 것이오. 당신은 페리어 부녀가 도망치는 것을 도왔소. 장로회는 당신을 잡아들일 거요!"

"나는 그들이 겁나지 않소. 쿠퍼 씨, 제발 대답해 주시오. 대체 어떻게 되었소?"

"무엇이 말이오? 누가 볼까 두려우니 빨리 물어보고 제발 다른 곳으로 가시오."

"루시 페리어 말입니다."

"그녀는 어제 드레버의 아들과 결혼식을 올렸소."

"그게 정말입니까?"

"저 깃발이 안 보이시오? 그녀를 놓고 스탠거슨과 드레버가 경쟁을 벌였소. 둘 다 페리어 부녀를 쫓았지. 스탠거슨이 존 페리어를 죽여서 좀 유리해 보였지만 장로회에서는 드레버를 추천했소. 하지만 어제 루시 페리어 얼굴을 보니 죽음의 그림자가 보이더군. 아마 드레버는 새 부인을 오래 데리고 있지는 못할 거요. 이제 됐소? 당신은 그럼 이제 떠나는 것이오?"

"네, 그렇습니다."

"어디로 가시오?"

"저도 모릅니다."

호프는 총을 메고 깊은 산골짜기로 들어갔습니다. 하지만 위험한 산골짜기에서도 호프만큼 두려운 존재는 없었습니다.

쿠퍼의 말은 사실이었습니다. 루시는 아버지가 죽은 충격 때문인지 아니면 불행한 결혼 때문인지 한 달을 앓다가 세상을 떠났습니다. 존 페리어의 재산을 탐내 그녀와 결혼한 드레버의 아들은 크게 슬퍼하지 않았습니다. 하지만 모르몬교의 교리대로 장례식 전날 밤 그녀의 곁을 지켰습니다. 그때 누더기를 입은 사내가 나타났습니다. 이를 본 여자들은 비명을 질렀습니다. 그는 루시 페리어의 이마에 입을 맞추고는 그녀의 손가락에서 결혼반지를 빼서 사라졌습니다.

"반지를 낀 채 마지막 길을 보낼 순 없어."

유령처럼 무시무시한 목소리가 들렸습니다. 사람들은 눈앞에서 갑자기 벌어진 일에 놀라 멍하니 서 있었습니다. 하지만 반지는 분명 사라지고 없었습니다.

제퍼슨 호프는 복수심에 불타 몇 달 동안 산속을 헤매고 다녔습니다. 도시에는 수상한 자가 산골짜기에 살고 있다는 소문이 떠돌았습니다. 한번은 스탠거슨 집 창문에 총알이 뚫고 들어왔습니다. 총알은 그의 몸에서 30센티미터도 떨어져 있지 않는 곳에 박혔습니다. 또 길을 지나는 드레버의 머리 위로 커다란 바윗덩이가 떨어져 목숨을 잃을 뻔한 일도 생겼습니다. 그들은 누군가가 자신들의 목숨을 노리고 있다는 사실을 깨달았습니다. 결국 그들은 괴한을 잡기 위해 산속을 뒤졌지만 아무도 찾을 수 없었습니다. 그들은 이제 혼자 다니지 않았고 가능한 한 집 밖으로 나가지 않았습니다. 그러나 점차 세월이 흐르면서 공격도 없어졌고 그들 또한 괴한의 공격을 잊게 되었습니다.

하지만 호프의 복수심은 사라진 게 아니었습니다. 그는 오로지 복수만을 위해 살고 있었습니다. 만약 그가 산속에서 죽는다면 복수는 누가 해 줄까요? 그는 산골 생활을 그만두고 네바다 광산으로 돌아갔습니다. 그곳에서 다시 복수의 날을 계획하기 위해서였습니다.

그는 일 년만 광산 생활을 하려 했으나 오 년이나 일을 하게 되었습니다. 세월이 흘렀지만 그의 복수심은 변함이 없었습니다. 그는 자신이 믿는 신념을 위해 목숨을 바칠 각오가 되어 있었습니다. 그는 변장을 하고 솔트레이크시티로 돌아왔습니다.

그런데 모르몬교도가 사는 땅에 예상치 못한 일이 생겼습니다. 두세 달 전 즈음, 젊은 신도들이 큰 분열을 일으켜 기독교인이 되었던 것입니다. 그들은 이제 모르몬교도가 아니었고 유타에서 살지도 않았습니다. 스탠거슨과 드레버도 그들 중 하나였습니다. 그들이 어디로 숨었는지는 알 수 없었습니다. 다만 드레버는 재산을 정리해 많은 돈을 가졌지만, 스탠거슨은 빈털터리가 되어 떠났다고 했습니다.

제퍼슨은 당황하지 않았습니다. 그는 그들을 찾기 위해 미국 전체를 누비고 다녔습니다. 어느덧 나이를 먹고 머리가 히끗해질 만큼 늙었지만 복수를 향한 마음을 멈추지 않았습니다.

그리고 결국 오하이오 주 클리블랜드 시에 그들이 살고 있다는 사실을 알아냈습니다. 호프는 다시 한 번 계획을 세운 뒤 숙소로 돌아왔습니다. 그런데 드레버가 우연히 호프의 모습을 보고는 이제는 그의 비서가 된 스탠거슨과 함께 보안관에게 신고를 했습니다. 제퍼슨 호프는 옛 연인의 복수를 위해 그들의 생명을 노린다는 이유로 체포되었습니다. 그는 몇 주나 감옥에 갇혀 있었습니다. 그리고 가까스로 풀려났을 때 이미 그들은 유럽으로 도망가고 없었습니다.

호프의 분노는 하늘을 찔렀고 그의 복수심은 더욱 커졌습니다. 그는 유럽에 가기 위해 돈을 모았습니다. 그리고 갖은 고생을 하며 그들의 뒤를 쫓았습니다. 러시아의 페테르부르크에서 파리로 그리고 다시 코펜하겐으로 그들을 뒤쫓았습니다. 덴마크의 수도에 도착하자 그들은 이미 런던으로 몸을 피한 후였습니다. 그리고 호프는 런던에서 그들을 찾아냈습니다. 런던에서는 과연 어떤 일이 벌어졌을까요? 그것은 그의 입을 통해 직접 듣는 편이 좋을 것 같습니다. 이 모든 것은 왓슨의 일기장에 자세히 적혀 있습니다.

계속되는 그 후의 이야기

포로는 맹렬한 기세로 저항했으나 우리를 해칠 생각은 없어 보였습니다. 그는 모든 것을 포기한 듯 씩 웃었습니다.

"경찰서로 향하겠군요."

그가 홈즈에게 말했습니다.

"다리를 풀어 준다면 마차까지 걸어가겠습니다. 저를 옮기는 것은 힘이 들 테니까요."

그렉슨과 레스트레이드는 매서운 얼굴로 포로를 쏘아보았습니다. 하지만 홈즈는 발을 감싼 수건을 풀어 주었습니다. 나는 그때 남자를 보며 이렇게 건장한 사내도 드물다고 생각했습니다. 검게 그을린 얼굴에서는 강한 힘이 느껴졌습니다.

"경찰서장 자리가 비어 있다면 바로 당신이 그 자리에 앉아야 합니다. 당신은 정말 신중했습니다."

그는 홈즈를 존경하듯 바라보며 말했습니다.

"두 분도 함께 가지요."

홈즈가 두 형사에게 말했습니다.

"마차는 내가 몰겠습니다."

레스트레이드가 말했습니다.

"좋습니다. 그렉슨 씨도 함께 타시지요. 닥터 왓슨, 선생도 같이 갑시다."

우리는 함께 아래층으로 내려갔습니다. 제퍼슨은 조용히 마차 안으로 들어갔고 우리도 마차에 올라탔습니다. 레스트레이드가 몬 마차는 곧 경찰서에 도착했습니다. 한 경감이 나서서 제퍼슨의 이름과 희생자들의 이름을 적었습니다. 경감은 차분하면서도 냉정한 태도를 보이며 절차대로 일을 진행했습니다.

"피의자는 이번 주에 재판을 받게 될 겁니다. 제퍼슨 호프 씨, 다른 할 말은 없습니까? 당신의 말은 모두 기록될 것이며, 이는 당신에게 불리하게 사용될 수도 있습니다."

"할 말이 많습니다."

제퍼슨이 입을 열었습니다.

"나는 모든 사실을 말하고 싶습니다."

"그 말은 판사 앞에서 하는 것이 낫지 않겠소?"

경감이 말했습니다.

"나는 재판을 받지 못할지도 모릅니다. 놀라지는 마세요. 자살할 생각은 없습니다. 당신은 의사입니까?"

제퍼슨이 무서운 눈으로 나에게 물었습니다.

"그렇습니다."

"여기에 손을 대 보세요."

그는 자신의 가슴을 가리켰습니다. 그의 심장은 마치 허물어져 가는 건물 안에서 미친 듯이 돌아가는 고장 난 엔진 같았습니다.

"당신, 대동맥류 환자군요."

"의사들 말이 그렇더군요. 지난주에 병원에 갔더니, 며칠 안에 심장이 터질 거라고 하더군요. 몇 년 사이 내 몸은 심하게 망가졌어요. 그건 솔트레이크시티 산속에서 고생을 했기 때문입니다. 이제는 죽어도 여한이 없습니다. 할 일을 모두 끝냈으니까요. 하지만 사건의 진실은 밝히고 싶습니다. 파렴치한 살인자로 기억되고 싶지는 않습니다."

"닥터 왓슨, 무척 위급한 상황입니까?"

경감이 물었습니다.

"그렇습니다."

"그렇다면 그의 이야기를 들어 봐야겠군요. 제퍼슨 씨, 마음 가는 대로 이야기하세요. 모든 이야기는 기록될 것입니다."

"동맥류 때문에 나는 쉽게 피로를 느낍니다. 방금 전 격투를 벌여 무척 힘들군요. 나는 곧 죽을 것입니다. 그러니 거짓말은 하지 않겠습니다."

제퍼슨 호프의 이야기는 놀라웠습니다. 하지만 평범한 이야기를 하듯 조용히 말했습니다. 나는 레스트레이드의 수사 노트에 기록된 제퍼슨의 이야기를 보았기에 그의 이야기가 정확하다는 것을 보증할 수 있습니다.

"내가 왜 그들을 죽였는지 당신들은 모릅니다. 또 관심도 없겠지요. 그들은 아버지와 딸을 죽였습니다. 그러나 오랜 시간이 흘러 이제는 유죄 판결을 받게 하는 것도 힘들게 되었습니다. 나는 그들이 죄인임을 알고 있기에 스스로 판사, 배심원, 사형 집행인이 되기로 결심했습니다. 당신들이 남자라면, 또 내 입장이라면 분명 당신들도 나와 같은 일을 했을 것입니다.

그녀는 이십 년 전 나와 결혼할 사이였습니다. 그러나 강제로 드레버와 결혼을 해야 했고 스스로 목숨을 끊었습니다. 나는 그녀의 손가락에서 결혼반지를 뺐습니다. 그리고 언젠가 드레버란 놈이 이

반지 앞에서 죽을 것이며, 그가 자신이 저지른 일 때문에 죽는다는 것을 깨닫게 하고 싶었습니다. 그 반지를 가지고 나는 드레버와 그의 공범을 잡기 위해 두 대륙을 다녔습니다. 그들은 내 손아귀에서 벗어나려 했지만 성공하지 못했지요. 나는 내가 할 일을 훌륭히 마쳤습니다. 이제는 원하는 것이 없습니다.

가난한 내가 그들을 추적하는 것은 무척 힘들었습니다. 런던에 도착했지만 우선은 돈을 벌어야 했습니다. 그래서 마부로 취직했습니다. 일주일마다 회사에 줄 돈을 내고 남은 돈을 가져갔지요. 돈을 많이 벌지는 못했지만 밥은 먹을 수 있었습니다. 길을 익히는 것도 어려웠지요. 하지만 지도를 보며 유명한 호텔과 역 위치를 익힌 뒤로는 조금 쉬워지더군요.

한동안 그 두 사람이 사는 곳을 알지 못했습니다. 하지만 결국 그곳을 찾아냈습니다. 강 건너 캠버웰의 한 하숙집이더군요. 나는 수염을 기르고 그들을 쫓아다녔습니다. 일도 해야 했기에 쉽지 않았지요. 몇 번이나 허탕을 치며 기회를 노렸습니다.

드레버와 스탠거슨은 절대 혼자 다니지 않았습니다. 미행당할 수 있다는 것을 알고 있었기 때문이지요. 이 주 동안 마차를 타고 그들을 쫓았지만 둘은 항상 붙어 있었습니다. 드레버는 늘 취해 있었지만 스탠거슨은 멀쩡했습니다. 마부 일 때문에 아침 혹은 늦은 밤이 되어서야 그들을 쫓을 수 있었지만 나는 자신 있었습니다. 걱정이라면 언제 터져 버릴지 모를 내 심장이었습니다.

어느 날 저녁, 그들이 사는 토퀘이 테라스로 마차를 몰고 갔는데 마침 마차 한 대가 그들의 하숙집 앞에 서더군요. 그러고는 짐을 실은 뒤, 드레버와 스탠거슨을 태우고 어디론가 떠났습니다. 나는 황급히 마차를 몰고 그들을 뒤쫓았습니다. 하숙집을 옮기는가 싶어 마음을 졸였지요.

그들은 유스턴 역에 내렸고, 나는 한 소년에게 잠시 마차를 맡긴 뒤 그들을 쫓아갔습니다. 그들은 리버풀행 열차를 놓쳤기에 다음 열차를 기다려야 했지요. 스탠거슨은 걱정스러운 표정이었지만 드레버는 낄낄거리며 웃고 있더군요. 나는 곁에 서서 그들의 이야기를 엿들었습니다. 드레버는 잠시 볼일을 본다고 했고 스탠거슨은 홀로 움직이는 것을 반대했지요. 그러자 드레버는 온갖 욕을 퍼부으며 너는 내 고용인에 불과하다고 소리쳤습니다. 드레버는 만약 마지막 기차를 놓치게 되면 할리데이스 프라이빗 호텔에 가 있으라고 말했습니다. 그리고 열한 시 전에 돌아오겠다고 했지요.

드디어 내가 바라던 순간이 온 거예요. 둘이 떨어지면 내가 마음먹은 대로 일을 할 수 있으니까요. 나는 침착해지려고 노력했습니다. 계획은 이미 짜여 있었어요. 누구로 인해 또 무엇 때문에 죽는지 모른다면 복수는 이뤄지지 않을 것이기에 나는 깨닫게 해 주고 싶었습니다. 자신이 저지른 죄 때문에 죽는다는 사실을요.

얼마 전, 브릭스턴 가에 빈집을 보러 갔던 신사가 그 집 열쇠를 놓고 내린 적이 있었습니다. 저녁때 열쇠를 돌려주었지만 나는 열쇠를 복사해 놓았지요. 이 거대한 도시에서 안락한 장소를 갖게 된 거예요. 이제는 드레버를 그곳으로 유인하는 문제만 남았지요.

드레버는 술집 몇 군데를 들르더군요. 마지막 술집에서는 삼십 분이 넘게 머물렀고 나중에는 고주망태가 되도록 취했습니다. 그리고 이륜마차에 탔습니다. 나는 그 뒤를 바짝 쫓았습니다. 마차는 워털루 다리를 건너고 또 다른 몇 개의 다리를 건넜습니다. 그런데 놀랍게도 그가 도착한 곳은 토퀘이 테라스였습니다. 나는 그가 왜 하숙집으로 되돌아갔는지 알 수 없었지요. 하지만 나 또한 100미터 떨어진 곳에 마차를 세웠습니다. 드레버는 집 안으로 들어갔고 이륜마차는 떠났습니다. 아, 목이 타는군요. 물 한 잔만 줄 수 있습니까?”

나는 물 잔을 그에게 내밀었습니다. 그는 물을 마신 뒤 숨을 가다듬더니 다시 이야기를 시작했습니다.

“나는 밖에서 십오 분 정도 기다렸습니다. 그런데 무슨 일인지 싸우는 소리가 안에서 들리더군요. 그리고 현관문이 열리더니 두 남자가 나왔습니다. 드레버와 한 젊은이였습니다. 그는 드레버의 멱살을 잡더니 다시 밀면서 발로 찼습니다. 드레버는 길 한복판으로 나가 떨어졌습니다. 젊은이가 몽둥이를 휘두르며 말하더군요. '이 더러운 놈, 다시 한 번 순진한 여자를 건드리면 가만두지 않겠다.'라고요. 그는 정말로 몽둥이로 내려칠 기세였습니다. 드레버는 그 순간 내 마차로 뛰어오더니 할리데이스 프라이빗 호텔로 가자고 했습니다.

내 심장은 사정없이 뛰기 시작했습니다. 하지만 내 목표를 위해 조금 더 버텨 주길 간절히 기도했습니다. 나는 그를 데리고 교외로 나가 이야기를 해 볼까도 생각했습니다. 그때 드레버가 한 술집 앞에 마차를 세우라고 말했습니다. 드레버는 술집이 닫을 때까지 술을 마신 뒤 쓰러져 버렸습니다. 그때는 그를 죽이고 싶지 않았습니다.

미국에서 떠돌 당시 나는 요크 대학 연구실에서 청소부로 일한 적이 있습니다. 그때 독약에 대한 강의를 듣게 되었지요. 한 교수가 학생들 앞에서 알칼로이드를 보여 주면서 적은 양으로도 많은 사람을 죽일 수 있다고 말하더군요. 직접 남아메리카 원주민 독화살에서 채취한 것이라고 했습니다. 나는 그 약병에서 조금씩 독약을 훔쳤습니다. 그리고 그것을 물에 섞이는 작은 알약으로 만들었지요. 그러고는 다른 알약과 섞어 나무 상자 안에 넣어 두었습니다. 복수할 수 있는 그날이 오면 두 원수에게 알약을 고르게 하고 나머지는 내가 먹으리라 생각했습니다. 그렇게 그날을 꿈꾸며 상자를 가지고 다녔고,

결국 그날을 맞이했지요.

새벽 한 시경이었는데 비가 억수같이 쏟아졌습니다. 음침한 기운이 도는 밤이었지만 내 머릿속은 맑았습니다. 기뻐서 소리라도 지르고 싶었지요. 어떤 것을 이십 년 동안 간절히 꿈꾼 뒤, 그 앞에 다다랐을 때의 기분을 아십니까? 나는 마차를 몰며 존 페리어 노인과 사랑스러운 루시가 웃는 모습을 떠올려 보았습니다. 마치 그들이 내 옆에 있는 듯했지요.

빗소리가 가득한 거리는 조용했습니다. 드레버는 잔뜩 취해 잠이 들어 있었지요. 제가 깨우니 드레버는 자기가 말한 호텔에 도착한 줄 알더군요. 나는 그를 부축하고는 현관문을 열어 거실로 들어갔습니다. 그때까지도 존 페리어와 루시는 내 곁에 있었어요.

'너무 어둡군.' 드레버가 말했습니다. '불을 켜겠습니다.' 나는 그렇게 말한 뒤, 준비한 초에 불을 붙였습니다. 그리고 작은 목소리로 말했습니다.

'이녹 드레버, 내가 누군지 알겠나?' 그는 술에 취한 멍한 눈으로 나를 보더니 이내 공포에 사로잡혀 떨었습니다. 나는 문에 기댄 채 큰 소리로 웃었습니다. 복수의 순간은 달콤했지요.

'이런 나쁜 자식! 난 솔트레이크시티에서 페테르부르크까지 널 추격했어. 하지만 넌 도망쳤지. 이제 끝났어. 우리 중 하나는 내일 아

침 해를 보지 못할 거야.' 그는 겁에 질린 채 나를 바라보았습니다. 나는 맥박이 빨라지며 관자놀이가 먹먹해지는 것을 느꼈습니다. 마침 코피가 터지지 않았다면 발작을 일으켰을 테지요.

'루시 페리어를 기억하지? 넌 천벌을 받아야 해.' 그는 애원하더군요. '나를 죽일 거요?' 나는 바짝 약을 올렸습니다. '죽는 것이 두려운가? 그런데 미쳐 날뛰는 개를 죽인 것도 죄가 될까? 내가 사랑했던 불쌍한 여인의 아버지를 죽인 것도 모자라 그 딸을 아내로 삼은 너는 대체 어떤 인간이지?' 그러자 드레버가 말하더군요. '나는 루시의 아버지를 죽이지 않았어!'라고요.

나는 말했습니다. '루시의 가슴을 갈가리 찢은 건 바로 너야!' 그리고 상자를 내밀었습니다. '하나님은 우리 중에 하나를 선택할 거야. 알약 하나에는 죽음이, 다른 하나에는 생명이 들어 있지. 네 놈이 남긴 것을 내가 먹을 거야. 그리고 이 땅에 과연 정의가 살아 있는지 볼 테다.' 드레버는 괴성을 지르며 몸을 비틀었습니다. 하지만 나는 놈을 칼로 위협하여 알약을 먹게 했습니다. 나도 남은 한 알을 먹었지요. 나는 그놈의 얼굴을 잊지 못할 것입니다. 독약을 먹었다는 것을 깨달았을 때의 그 표정을요. 나는 그놈 앞에 루시의 결혼반지를 가져다 댔습니다.

독약은 금세 퍼졌습니다. 놈은 괴성을 지르며 비틀거리다가 바닥에 쓰러지더군요. 나는 발로 그의 몸을 뒤집고 손을 심장에 대 보았습니다. 그는 그렇게 죽었습니다. 내 코에서는 피가 흐르고 있었습니다. 나는 무엇에 홀린 듯, 벽에 피로 글씨를 썼습니다. 무엇 때문에 그랬는지 알 수는 없습니다. 나는 흥분했었고, 어쩌면 경찰이 다른 생각을 하도록 수를 썼는지도 모릅니다.

미국에 있을 때 독일인 시체 위에 'Rache'라고 쓴 사건이 있었습니다. 어느 비밀 조직이 저지른 일이었지요. 뉴욕 경찰들은 그 일로 수사하는 데 곤경에 빠졌습니다. 그래서 런던에서도 그럴 것이라고 생각했습니다. 나는 글자를 쓴 뒤 빈집을 나왔습니다. 그런데 마차를 몰고 가다가 루시의 결혼반지가 없어진 것을 알게 되었습니다. 드레버의 시체를 건드릴 때 흘린 모양이었습니다.

나는 마차를 골목에 세우고 다시 빈집으로 돌아갔습니다. 루시를 추억할 물건이라고는 반지밖에 없었으니까요. 어떤 위험이라도 감수할 생각이었습니다. 그런데 한 경관과 마주치고 말았습니다. 나는 술에 취한 연기를 해서 겨우 경관을 따돌릴 수 있었습니다. 그리고 이녹 드레버의 시체를 남겨 둔 채 빈집에서 나왔습니다.

다음으로 할 일은 스탠거슨을 죽여 존 페리어의 원수를 갚는 일이었습니다. 나는 그가 할리데이스 프라이빗 호텔에서 기다리고 있는 것을 알았기에 기다렸지만, 그는 밖으로 나오지 않더군요. 드레버가 사라졌으니 더욱 몸을 사렸겠지요. 그는 무척 교활하고 영리한 놈이었습니다. 그러나 방 안에 있다고 안전할 리는 없었지요. 나는 그가 묵은 침실의 창문 위치를 알아냈고, 다음 날 사다리를 타고 들어갔습니다. 그에게는 오래전, 다른 사람의 생명을 빼앗은 죗값을 치를 날이 왔다고 이야기했습니다. 그리고 드레버가 어떤 방법으로 죽었는지를 말해 주었지요. 그에게도 드레버와 같이 선택할 기회를 주었습니다. 그런데 스탠거슨은 뿌리치며 내 목을 향해 달려들었습니다. 나는 칼로 그의 심장을 찔렀습니다. 하지만 그도 결과는 같았을 것입니다. 하나님은 그에게 독약이 든 약을 고르게 했을 테니까요.

이것으로 이야기는 끝입니다. 미국으로 돌아갈 여비를 마련하기 위해 마부 일을 계속하고 있었습니다. 오늘 어떤 소년이 제퍼슨 호프라는 마부가 있느냐고 물으며 221B에 사는 신사분이 찾는다고 하더군요. 나는 소년의 말을 듣고 왔다가 이렇게 붙잡히고 말았습니다. 여러분은 나를 살인자로 보겠지만, 나는 그렇게 생각하지 않습니다. 그저 정의를 위해 여기까지 달려온 사람입니다."

그의 이야기는 감동적이었습니다. 여러 범죄에 익숙한 두 경찰까지도 호프의 이야기에 푹 빠져 있었지요. 우리는 오랫동안 말없이 앉아 있었습니다.

"그런데 광고를 보고 반지를 가지러 온 사람은 누굽니까?"

홈즈가 물었습니다.

"그에 대해 말할 수는 있지만, 그 사람이 곤경에 빠지는 것은 원치 않습니다. 나는 광고를 봤지만 속임수인지 진실인지 알 수 없었습니다. 그러자 친구가 나서더군요. 당신도 그 친구가 그 일을 충실히 해냈다고 생각할 테죠."

"네, 아주 훌륭히 해냈지요."

홈즈가 대답했습니다.

"여러분!"

그렉슨이 말했습니다.

"법은 법입니다. 피의자는 목요일에 재판을 받아야 합니다. 여러분도 물론 참석을 하셔야 합니다. 그때까지 이 사람은 제가 데리고 있겠습니다."

그가 벨을 울리자, 제퍼슨 호프는 간수 두 명에게 끌려갔습니다. 그리고 홈즈와 나는 마차를 타고 베이커 가로 돌아왔습니다.

사건의 끝

우리는 목요일에 판사 앞에 출두하기로 되어 있었습니다. 하지만 그럴 필요가 없어졌습니다. 제퍼슨 호프는 그보다 높은 심판관에게 엄격한 판결을 받았습니다. 호프는 체포되던 날 밤 동맥류가 파열되어, 다음 날 아침 차가운 시체로 발견되었습니다.

"그렉슨과 레스트레이드가 그 소식을 듣고 날뛰었겠군요."

다음 날 저녁, 홈즈가 이야기를 꺼냈습니다.

"제퍼슨 호프가 죽었습니다. 그러니 자신들이 챙길 공도 없어진 셈이지요."

내가 말했습니다.

"이 세상에서 무엇을 했느냐는 의미가 없습니다. 무엇을 했다고

믿느냐가 중요하지요."

홈즈가 말을 이었습니다.

"결국 이렇게 사건이 마무리되었군요. 내가 겪은 사건 중 가장 좋았던 사건이었습니다. 간단했지만 훌륭한 교훈을 남겼지요."

"간단했다고요?"

내가 외쳤습니다.

"그럴 수밖에요."

홈즈가 미소를 지었습니다.

"나는 아무 도움 없이 간단한 추리를 통해 사흘 만에 범인을 잡았습니다."

"그렇긴 하지만."

"풀리지 않는 궁금증은 좋은 단서입니다. 장애물이 아니지요. 이 사건을 푸는 데 도움이 되었던 것은 거꾸로 추리를 하는 방법이었습니다. 과거를 거슬러 올라가는 이런 방법은 다른 사람들은 잘 모르지요. 종합적인 추리를 할 수 있는 사람이 오십 명이라면, 분석적인 추리를 할 수 있는 사람은 한 사람 뿐이에요."

"그건 무슨 말이지요?"

"어떤 일에 대해 순서대로 설명을 하면 대부분의 사람들은 결과를 예측합니다. 마음속으로 사건을 연결시켜 가며 결론을 얻지요. 하지

만 몇몇 사람들은 결과를 듣고 어떤 순서가 있었는지 말할 수 있지
요. 그게 바로 거꾸로 추리를 하는 분석적인 추리입니다."

"그렇군요."

"이번 사건은 결과가 나와 있었습니다. 그리고 나머지를 알아내야
했습니다. 나는 사건에 대해 아무것도 모르는 상태로 빈집에 갔고,
큰길을 조사했지요. 그리고 그곳에서 바큇자국을 보고 밤사이 그곳
에 마차가 왔다는 것을 알았습니다. 바퀴 사이가 좁은 것으로 보아,
개인의 것이 아닌 영업용 마차였지요.

다음에는 문 안, 앞뜰을 거닐었습니다. 발자국이 잘 찍히는 진흙
길이었지요. 대부분의 사람들은 발자국을 대수롭지 않게 생각하지
만 발자국만큼 중요한 단서가 또 없지요. 탐정학에서는 특히나요.
나는 늘 발자국을 살핀답니다. 그리고 경관들 발자국 사이에서 그보
다 앞서 뜰을 지난 두 사람의 발자국을 발견했어요.

신원을 알 수 없는 방문객은 두 사람이었고, 걸음 폭을 보아 한 사
람은 키가 컸습니다. 다른 사람은 작고 우아한 차림의 신사라 생각
했지요. 방에 들어가니 이것은 확인되었습니다. 구두를 신은 신사가
누워 있으니, 만약 살인 사건이 일어났다면 범인은 키가 큰 사람이
겠지요. 그런데 죽은 사람의 몸에는 상처가 없었습니다. 하지만 표
정은 겁에 질려 있었습니다. 무언가를 직감했다는 표정이었고요. 심

장마비 혹은 자연사의 경우에는 짓눌린 듯한 표정이 없습니다. 입가에 코를 대니 역한 냄새가 났습니다. 강제로 독약을 먹었다는 것을 알 수 있었지요. 얼굴 표정에서도 공포가 느껴졌으니까요. 독약을 강제로 먹은 사건은 그 전에도 있었습니다. 오데사의 돌스키 사건이나 몽펠리에의 르투리에 사건을 들 수 있지요.

다음은 죽인 이유입니다. 소지품이 그대로 있으니 강도는 아니었습니다. 정치적 이유나 여자 문제라고 생각했을 때 여자 문제 쪽일 확률이 높았습니다. 정치적인 이유라면 현장을 빨리 떠났겠지만, 이번 범인은 무척 신중했습니다. 방 안에 남은 발자국으로 봐서 범인은 사건 현장에 오랫동안 있었어요. 이런 계획적인 범죄는 원한에 의한 것이 분명하다는 생각이 들었습니다. 벽에 남은 글씨를 보고 제 생각은 더 굳어졌습니다. 그것은 속이 뻔히 보이는 속임수였지요. 그리고 반지를 발견하고 깨달았습니다. 범인은 반지와 관련된 여성을 연관시키려 했다는 것을요. 전에 그렉슨에게 클리블랜드 시에 전보를 쳐서 드레버의 경력상 유의할 점에 대해 알아봤는지 물었지요. 그렇지만 그렉슨은 묻지 않았다고 했습니다.

방 안을 조사해 범인의 키를 예상했고, 트리치노폴리 시가와 손톱에 대한 것을 알아냈습니다. 격투를 벌인 흔적이 없었으니 핏자국은 흥분한 범인의 코피라는 것도 알았지요. 그래서 혈기 왕성한 사람이면서도 얼굴은 붉고 건장한 사람일거라 생각했습니다. 나는 클리블랜드 경찰서장에게 전보를 보내 이녹 드레버의 결혼에 대한 조사를 부탁했습니다. 답장이 결정적이었습니다. 드레버가 제퍼슨 호프라는 사람으로부터 신변 보호를 요청했고, 그가 현재 유럽에 있다는 소식이 왔기 때문이지요. 단서는 모두 찾았지만, 문제는 그를 잡는 방법이었습니다.

나는 드레버와 함께 들어간 사람이 마차를 몰았을 거라는 생각을 했습니다. 바퀴자국과 말발굽 자국을 보니 말은 제멋대로 움직인 듯 보였지요. 마부가 있었다면 말은 얌전했을 테니 마부는 집 안에 있었던 것입니다. 그는 런던에서 사람을 찾기 위해 마부가 되었습니다. 이보다 좋은 직업은 없지요. 그리고 만약 내 생각이 맞는다면 아직도 마부 일을 하고 있을 거라고 결론지었습니다. 가명도 필요가 없었겠지요. 어차피 런던에는 아는 사람이 없으니까요. 나는 베이커가 소년 탐정단을 이용해서 마차 회사들을 조사했습니다. 그리고 마부를 찾아냈지요. 스탠거슨 사건은 나로서도 예상치 못한 일이었습니다. 하지만 그 사건을 통해 알약을 손에 쥘 수 있었지요.”

“정말 놀랍습니다, 홈즈! 지금 이야기를 공개적으로 발표하십시오. 당신이 하지 않는다면 내가 하겠습니다.”

“좋습니다, 그전에 이것을 좀 읽어 보세요.”

홈즈는 신문을 건넸습니다. 〈에코〉에 이번 사건에 대한 기사가 실려 있었습니다.

이녹 J. 드레버와 조셉 스탠거슨을 죽인 제퍼슨 호프가 대동맥 질환으로 급작스럽게 사망했다. 이것으로 사건에 대한 대중의 관심도 줄어들었다. 사건의 내막은 아무도 몰랐다. 하지만 알아낸 정보에 의하면, 이 사건은 모르몬교와 얽힌 오래된 문제에서 비롯되었다고 한다. 두 피살자는 모두 모르몬교도였으며 살해 용의자 제퍼슨은 솔트레이크시티에서 왔다고 전해진다.

사건의 결론은 시원치 않으나 우리 경찰 능력의 우수성은 놀라웠다. 또한 외국인들에게 그들의 문제를 영국 안으로 끌어들여서는 안 된다는 강력한 경고 또한 전달되었다.

이번 사건을 해결한 유능한 형사는 그렉슨과 레스트레이드이다. 범인은 탐정 셜록 홈즈의 집에서 잡혔으며 홈즈 또한 형사들만큼 기술력을 익혔으리라 생각된다. 공을 세운 두 형사에게는 표창장을 수여하기로 결정되었다.

"내가 말한 대로지요?"

홈즈가 말을 이었습니다.

"우리의 주홍색 연구는 그들에게 표창장을 선물했군요."

"걱정하지 마세요. 나는 모든 것을 기록했습니다. 나는 이것을 세

HEADMASTER'S ME
Gimcheon High School
A Bright Fu
for Change
INSIDE SCHOOL
Y Years
lassics

상 사람들에게 말하고 싶습니다. 그때까지는 로마의 구두쇠처럼 사
건 해결을 통한 성취감에서 만족감을 얻겠지요. '사람들에게 비웃음
을 사더라도 궤짝에 쌓아 둔 돈을 보며 나는 행복하도다.'라는 로마
시인의 말처럼 말입니다."

(2권에 계속)

SHERLOCK HOLMES

어린이를 위한 추리 명작 셜록 홈즈 시리즈 ❶

셜록 홈즈 — 주홍색 연구

초판 1쇄 펴낸 날 2014년 3월 25일

지 은 이 아서 코난 도일
그 린 이 길문섭
펴 낸 이 장영재
책임편집 이송이, 유석천
편   집 이근호, 조은아, 최재훈, 전형수, 이나영
디 자 인 임하영, 송희원
마 케 팅 한승훈, 장준규
경영지원 홍은경, 임해랑
물류지원 신석재, 김태헌

펴 낸 곳 (주)미르북컴퍼니
전   화 02)3141-4421
팩   스 02)3141-4428
등   록 2012년 3월 16일(제313-2012-81호)
주   소 서울시 마포구 성미산로32길 12(연남동) 239-18번지 2층(우 121-865)
E-mail sanhonjinju@naver.com
카   페 cafe.naver.com/mirbookcompany

• (주)미르북컴퍼니는 독자 여러분의 의견에
  항상 귀 기울이고 있습니다.

• 파본은 책을 구입하신 서점에서 교환해 드립니다.
• 책값은 뒤표지에 있습니다.

※ 이 책을 구입하신 독자께 증정되는 영문판 전자책 파일은 cafe.naver.com/mirbookcompany에 회원 가입을 하신 후
  '자기소개'란에 메일 주소를 남겨 주시면 개별적으로 발송해 드립니다.